U0068089

瞎掰舊貨攤 ②

子母雞大碗公

鄭宗弦 著

目錄

導讀　故事，是最有力量的話語　5

推薦文　傳遞「故事味」與「人情味」的舊貨攤　10

◇◇◇

第一話　兩顆子彈　15

第二話　油桐花咖啡杯　45

第三話　理髮手推剪　71

第四話　子母雞大碗公　97
第五話　炮彈鋼刀　120
第六話　竹編小畚箕　148
第七話　青石獸首紙鎮　169
第八話　王爺公的平安符　197
第九話　精裝筆記本　220

導讀

故事，是最有力量的話語

文／國立臺北大學中文系助理教授楊奕成

宗弦老師的《瞎掰舊貨攤》是部以舊貨攤為主要場景的作品。主角夏志翔熱愛閱讀，他從中汲取豐厚的養分，再發揮巧思與創意，為舊貨掰出一個又一個精采別緻的故事。這些故事可以各自獨立；但藉由夏、盧、翁三家的生活難題把它們貫穿起來，又可以是首尾一貫的長篇小說。

我在大學的課堂上帶領學生閱讀與討論，下課後有學生難掩激動的告訴我，他們不但著迷於這套作品的主題多元、主旨深刻，更吸引他們專注聆聽、振筆疾書的是我解析其中的故事行銷技巧。

當你明白了那些技巧，便能理解夏志翔為什麼說：「這世界沒有賣不掉的東西，只有不會賣的人。」這套作品究竟有哪些技巧，值得讀者學以致用呢？

首先：夏志翔在拍賣會場，以高價標下一把檜木櫻花扇，再故弄玄虛說它是樹靈的隨身法寶，背後是樹靈復仇殺人的故事。他創造了期待，挑起了大家的好奇心，渴望繼續聽下去，於是紛紛求著他說完。

其次：夏志翔彷彿觀世音，他隨時眼觀四面，耳聽八方，才能掌握客人的困難，例如：他明白眼前的男人正陷於是否要收建商賄賂的兩難中，於是就拿起身邊的紫砂茶葉罐，掰出一個潔身自愛，不同流合汙就是愛自己及愛家人的故事。

因此他說：「有目標客人出現時，自然就會有故事了。」

又如：他了解眼前的這位太太身陷焦慮症的困擾，便故意拿起攤位上的一把理髮手推剪，自顧自的大聲說，這是精神科醫師葉克膜，治療病患時最有效的工具，再掰出一個耐心等待，體貼對方就是愛的故事。

另外，讓舊貨變成象徵物，成為提供讀者辨識與烙印情感的對象，並藉此來彰顯主旨。例如：讓「斷尾虎爺」象徵失業者的焦慮與痛苦，希望讀者能同理失業者的困境；讓「迷你瓦斯爐」象徵對工作的態度，希望讀者能發揮所長，服務社會；讓「竹編小畚箕」象徵阿嬤對孫子的疼愛，希望讀者能體會阿嬤的用心良苦。

建議有志於要說故事的讀者，也可以選取某個物品作為象徵物，再設計情節、賦予情感、寄寓主旨，如此不但可提升物品的質感與價值，也顛覆了「文學無用論」的迷思。

我有位學生把《瞎掰舊貨攤》的行銷技巧運用在職場，竟獲得客戶對她的青睞與讚賞，使她不再畏懼與客戶面對面。

宋代學者周敦頤說：「文所以載道也。」宗弦老師藉由夏志翔瞎掰的故事，來循循說理、諄諄教誨，在最後一章〈精裝筆記本〉竟來個驚天大逆轉，隨著夏志翔身世的揭曉，也彰顯出他瞎掰這十七個故事的目的原是為了利益眾生，故有的故事具有療癒人心的力量，有的則帶給人們省思與啟示的意義。我由衷的讚嘆宗弦老師創作故事的功力已臻於出神入化的境界了。

放眼當代，無論是商業行銷，或者個人社交溝通，甚至公開演說，都需要累積自己的「故事資本」，建立自己的「故事抽屜」——因為人類是非常迷戀故事的。口才好，雖然可以說服別人，但不會讓人真正記得你、信服你，而最有力量的話語，其實是說個故事給人聽。

這套作品是故事行銷的經典範例，也是夏志翔弘法的法門，非常適合學生在學校裡晨讀，一邊讀一邊思考，悟出屬於自己利益眾生的方式，不但能讓學習力加分，故事裡的那股神祕的「愛的力量」，更能讓心靈因此成長、茁壯。

推薦文

傳遞「故事味」與「人情味」的舊貨攤

文／親職專欄作家陳安儀

我一直對古舊的東西很有興趣：雕梁畫棟、充滿歷史氣息的洋樓；油綠溫潤、色澤清透的古玉；精緻手工、細膩刺繡的古著服飾……，每每看來都是「有故事的」，彷彿可見前人的血淚與心魂，娓娓訴說著動人的回憶。

《瞎掰舊貨攤》正是這樣一套傳遞著「故事味」的小說。

《瞎掰舊貨攤》是《少年廚俠》、《穿越故宮大冒險》作者鄭宗弦老師的最新作品，前兩集以十八件舊貨，寫成十八個短篇。內容敘述原本在旅行社工作的夏若迪，因為疫情失業，便試著將自己過去蒐集的一些舊貨拿到市集去擺攤。

然而，普普通通的舊貨，實在欠缺吸引力，也賣不出好價錢。就在這尷尬時刻，平日愛看閒書的兒子夏志翔卻靈機一動，順口瞎掰出一個個曲折離奇、感人肺腑的故事。除了令聽眾好奇心大起之外，也成功的包裝了這些舊貨，讓平凡無奇的商品變成了故事裡的最佳見證，這一下，不僅攤子的生意起死回生，故事情節也療癒了許多陷入低谷的客人們。

例如〈紫砂茶葉罐〉，志翔說了一位製茶師傅的故事：他堅持古法製茶、不願意隨意加價，寧可改賣低利潤的梅子也不願意欺騙顧客。這個故事成功的遏阻了一位差點收受賄賂、走上不歸路的公務員。〈黃銅小香爐〉志翔說了一個能夠讓人美夢成真的香爐故事，成功的安慰了情場失意的女子，不再心心念念移情別戀的負心漢。

在〈大蝦圓盤〉中，志翔說的是賣黑心食物、惡有惡報的餐廳老闆；〈裝框的塗鴉畫〉說的是差點誤入歧途的叛逆少年，因為老師的愛而找回人生……每一個舊貨的故事，在志翔刻意針對買家的需求及心情而「客製化」的編纂下，不但引導客人解開心結，也找回了面對人生課題的勇氣。

這套書以短篇形式呈現，閱讀起來輕鬆沒有負擔。各篇探討的議題各自不同，宗弦老師以洗鍊的文筆，流暢的敘述家庭親情、成長歷程，或是介紹歷史文化、針砭時事。每一件舊物不僅道出芸芸眾生的悲歡離合，更讓我們知道，「說故事」不但能夠撫慰人心、解決難題，還是「行銷買賣」的重要手法之一呢！

《瞎掰舊貨攤》中愛閱讀的主角志翔，不但藉由閱讀養成了深刻的觀察力，還得到了許多心理學、歷史、醫學……的知識，激發出天馬行空的創意想像，成功的替父親的舊貨攤行銷，並且勸阻了不良少年宏岳離開黑道，這可真是「閱讀」最大的獲利呀！疫情期間，茲將本書推薦給青少年和喜愛小說的讀者們閱讀，相信大家一定會喜愛的！

第一話

兩顆子彈

那是一個紅色的鰲魚玻璃花瓶，瞬間在地上摔得粉碎。

志翔衝上前與砸玻璃瓶的人扭打起來，一旁另一個年輕人也加入戰局。

「不要動手，不要動手。」夏若迪慌忙勸止，「好好講就好。」

「表哥！表哥！」美華大叫，「宏岳！翁宏岳——」

那個砸玻璃瓶的人停下來，看著美華驚訝的說：「你怎麼會在這裡？」

三個男生各自鬆手站好，志翔這才看清楚眼前這位年輕人，他留長髮，身材高瘦，脖子上戴著一條項鍊。

再看那年長一些的是個刺青哥，戴墨鏡穿緊身背心，虎背熊腰，故意露出手臂上繃緊的骷髏頭刺青，宛如黑道人物。

美華繼續說：「表哥，這攤子的夏老闆是我爸的好朋友，你有什麼事不能好好講，需要砸人家的店？」

宏岳凶惡的指著夏若迪說：「他欠賴桑會錢，已經過兩個星期了，賴桑來過兩次都要不到，只好請我們來處理一下。」

「你說我爸欠你們錢？」志翔問。

「難不成我們吃飽了撐著？」那位刺青哥一臉不屑的說：「你老爸不按期繳還會錢，賴桑是會頭，一直收不到錢，你叫他怎麼跟其他會腳交代？」

盧彥勛到附近的書店買了《少年廚俠》，正準備送過來，遠遠的看到有人爭吵，他趕緊跑過來察看。

「啊！是宏岳啊，你們在做什麼？現在是什麼情況？」

「沒事，沒事。」夏若迪自知理虧，誠誠懇懇的向兩個年輕人鞠躬，也向盧彥勛點頭，說：「是我前陣子剛失業時缺錢缺得緊，只好跟我老婆商量，拿了結婚時的金項鍊、金戒指去賴桑的銀樓變現。賴桑看我那樣子，好心的報給我一個新起的互助會。」

「多少錢？」盧彥勛問。

「二十個會員，一會一萬元。我先標走去還貸款，但繳了幾次會錢，這次卻……」夏若迪越說越小聲。

「唉呀！」盧彥勛皺起眉頭說，「老夏，你有困難怎麼不早跟我講，搞成這樣真不好看。」

夏若迪臉上一陣青一陣紅，尷尬得不知如何是好。

盧彥勛對宏岳說：「你們跟我回去拿錢。」

夏若迪不好意思的說：「盧老大，謝謝你，那只好暫時欠你錢，也欠你一份人情。」

「這沒什麼，不要在意。」盧彥勛爽快的說完，轉對宏岳拉下臉，說：「你什麼時候跟討債公司在一起了？你爸知道嗎？你多久沒回學校讀書了？你打算一直這樣嗎？」

「唉唷！姨丈，你不要管我啦！我拿到錢就走，你不要告訴我爸啦！」宏岳眼神故意往旁邊瞥。

「等一下！」志翔大喝一聲，從口袋掏出錢，數了十張千元鈔。「我這裡有，你們拿去。」

夏若迪和盧彥勛都愣住了，倒是那個刺青哥歡欣的把錢取走。

這時一輛警用機車出現在攤子前，想必是附近有攤商看不過報了警。

警察停好機車，問：「這裡有人砸店，是嗎？」

「啊！沒有，沒有。」宏岳跟刺青哥咧開嘴，猛揮雙手，學螃蟹橫走想趁早脫身。

夏若迪堆笑臉說：「沒事，警察大人，沒事了。」

盧彥勛也笑著說：「哈哈！雙方和解了。」

「沒事就好。」警察跨回車上，準備插上車鑰匙。

「事情還沒完。」志翔大喊，「警察先生。」

警察問：「怎麼樣？」

志翔理直氣壯的指著宏岳說：「我們已經還了欠他們的錢，可是他砸碎了我家的玻璃瓶，應該賠錢才公平。」

「志翔，你……」夏若迪苦起臉來，心中責怪兒子亂生事。

「啊？」宏岳好驚訝，完全沒想到有這記回馬槍。

美華站出來助威：「沒錯，破壞私人財物，理當賠償。」

警察下車，詳細問了來龍去脈，然後點頭說：「有道理，應該賠償。這個瓶子多少錢？」

夏若迪說：「不用了啦！那個舊花瓶，其實才……」

志翔搶話：「要，一定要賠，但是我不要你的錢，你用身上那條項鍊來抵就好。」

大家聽了都往宏岳的胸口看去，那是一條串著兩顆銀色子彈吊飾的項鍊。

「不！」宏岳伸手護著它，不肯拿下來。

警察凝視兩方人馬，雙方僵持著，不知如何排解。

「好吧！沒關係。」志翔故作輕鬆，「你聽過這兩顆子彈的故事嗎？」

「胡扯！」宏岳誇張的叫說：「我們又不認識，你怎麼會知道我的項鍊有什麼故事？」

「別急，如果你願意聽我說完這兩顆子彈的故事，你不必賠錢，也不必給我項鍊，我們一筆勾銷。」

「好啊！你說，我就看你怎麼瞎掰！」宏岳翻個白眼，雙手抱胸。

志翔看看大家，開始說：「關於這兩顆子彈，得從一個名字跟『子彈』同名的學生，開始說起……

◇ ◇ ◇

「十一號，郭……慶記？」班導師的聲音忽然拉高，也變小。

「有。」

「慶記？」導師抬起頭，撐高眼鏡，認真的看著他。「呵！這名字有趣了。你爸爸是軍事迷嗎？怎麼沒取個郭大炮、郭坦克之類的？」

「哈哈哈……」同學們的笑聲混著好奇和輕蔑。

高一新生訓練的第一天，郭慶記在點名時努力忍著不悅，壓抑胸口那股不平之氣，只因他的名字和「子彈」的臺語同音。

類似的情形層出不窮，他早就有心理準備，只是沒料到新導師竟然添油加料，害他加倍尷尬。

真的要聽從姑姑的建議去改名嗎？不，那不正好表現出屈服、退縮、逃避？那可是弱者、懦夫的表現。這是命中注定的一個功課，他相信自己一定能打敗它。

可是，打敗什麼？打敗自己的在乎？變得不以為意？還是打敗別人，叫他們閉嘴、停止取笑？有辦法嗎？

每當此刻，郭慶記心裡就莫名的翻滾著沉沉的悶氣。

下課時，有個大個兒跟在他後面，嘻笑嚷嚷：「慶記，慶記耶！砰——」大個兒還用手指比了開槍的模樣，然後嘟嘴吹熄槍管。

慶記不想理會，逕自往操場走去。

大個兒繼續挑釁：「郭慶記，不要跑，我不只送你一桶汽油和一枝番仔火，我還要送你一顆『慶記』。砰——砰——」

不能再閃了，慶記心想，如果高中生涯的第一天就被人吃死死，那麼往後的日子該怎麼熬下去？

他皺起臉，握緊拳頭，猛回頭朝大個兒奮力出擊。大個兒的下巴遭受重擊，身體歪斜，差點兒跌倒。

「可惡！」大個兒回身，一把鉤住慶記的脖子。

慶記努力掙脫，朝大個兒的手臂又是一拳。大個兒出腳將他撂倒，他及時拉大個兒下地，兩個人扭打成一團。

同學們圍過來看熱鬧，很快的，有人去報告導師。

「嚴寬和，郭慶記，站起來。」導師大吼制止。

兩人停止打架，默默聽導師的疲勞轟炸在耳朵邊轟轟作響。

他沒有任何辯解，也沒去分辨那些耳邊的涼風，只是展現出更凶暴的野狼姿態，惡狠狠的瞪著那個嚴寬和。

校規規定打架記小過，但導師網開一面，說：「看在還沒正式開學的份上，這次就原諒你們，希望你們記取教訓，不要再犯啊！」

「謝謝老師。」

嚴寬和低頭感激，慶記卻是不發一語，抬頭跨步離去。

相較於嚴寬和下巴紅腫，慶記臉上有淤青，脖子有勒痕，背部有抓傷，很明顯的，這場架他是輸家。

他憤恨不平，當晚就到士林夜市買了一條子彈造型的銀飾項鍊，把一顆子彈掛在脖子上，刻意宣告他的「不在乎」。但其實他心想，如果擁有真的槍彈就好了，誰敢惹我，只要掏出來秀一秀，必叫敵人嚇得肝膽俱裂，下跪求饒。

一向很疼慶記的姑姑，去年在臺東旅遊時交了一個黑道的男友，後來甚至搬到臺東跟對方同居。今年過年，姑姑回家團圓，無意間向媽媽透露這消息，馬上引發一場風暴。

「你們不懂，他是個很講義氣的人。」姑姑辯駁。

「他靠什麼吃飯？賣毒品嗎？」阿嬤生氣的問。

「他有一家公司，專門幫人收帳款。」

「那不是暴力討債集團嗎？」阿公不屑的說，「真夭壽！」

「那是替天行道。」姑姑極力解釋，「欠債還錢，天經地義，但是很多人故意賴債，他幫苦主討回公道，有什麼不對？」

「算了吧！妹妹，天底下好男人多得很。」爸爸說。

「是啊！我請人幫你介紹新的男朋友吧！」媽媽說。

爸媽苦勸，阿公強力阻擋，阿嬤甚至不讓姑姑回去臺東。

「姑姑，我支持你，黑社會的人最重義氣，電視劇都是這樣，電影《艋舺》也是。」慶記偷偷說。

姑姑笑說：「不全都這樣，戲劇有真有假，不過阿撇對我是真心的。慶記，謝謝你……」

對於那些反對意見，姑姑無力反駁，最後只能趁機脫逃。

家人很傷腦筋，慶記卻心生嚮往，想一睹黑道大哥的風采。尤其在嚴寬和這件事之後，他決定起而行。

開學後的一個週休二日，他騙家人跟同學去墾丁玩，實際上是聯絡了姑姑，到臺東去找她。

「歡迎，歡迎。慶記，只有你挺我，你跟阿撇一樣有情有義，我沒有白疼你。」姑姑在電話那頭感動的說。

慶記搭了高鐵南下高雄，再轉搭南迴鐵路往臺東。沿路依山傍海，太平洋由淺而深分成許多不同的藍色，層層連接天際，美景無限，帶領人們穿越虛偽的現代都會，前往真樸的野性天地。

滿懷著期待，慶記終於抵達臺東。姑姑和男友阿撇開車來接他，那是一輛黑色賓士，十分豪華。

姑姑衝過來熱情擁抱，笑得合不攏嘴，慶記很驚訝，因為從小到大，姑姑是個拘謹害羞的女人，她似乎在這裡尋到了天堂。

阿撇站在車頭旁，身材高壯魁梧，穿著休閒，戴了一副太陽眼鏡，嚼檳榔又抽菸，看起來威嚴帥氣。

慶記壓抑著興奮和崇拜的心，過去打招呼：「阿撇叔叔好。」

「嗯！」

阿撇簡單一句，不囉唆，反而博得慶記的敬畏。

「你要叫他姑丈也可以，呵！」姑姑俏皮的往阿撇深情一望。

「姑丈。」慶記開心的說。

阿撇沒回話，嘴角一勾，下巴一揚，逕自往車子走去。

真是帥啊！酷斃了！慶記仰慕極了。

「上車吧！」姑姑說。

「等一下。」

第一次坐賓士那麼高級的車子，慶記興奮的繞著車身看了一會兒，卻覺得怪怪的，怎麼車子沒有掛車牌？他狐疑的到車前車後都再看一下，確實沒有車牌。

「這一輛要多少……」話到一半，慶記住嘴了。

「一輛多少錢嗎？三百多萬吧！」姑姑說，「你還想知道什麼？」

「沒有，沒事了。」慶記趕緊閉嘴上車。

據說真正的大哥不會把錢看在眼裡，因此他覺得在大哥面前應該冷靜，不要開口閉口都是錢，免得被人看輕取笑了。同樣的，不能一直偷看人家，不然很快就會被偶像發現，使自己變成失去自我的小粉絲，那也很丟臉。

他努力克制住所有的興奮與好奇，把視線放到窗外綺麗的風景。

「肚子餓了嗎？有沒有想去哪裡玩？你回去會跟他們說你來找我嗎？阿公知道了一定會氣死的……」

一路都是姑姑問東問西，炒熱氣氛，慶記都簡短回答，儘量沒有情緒，他不想被阿撇看成一個毛頭小子。

阿撇請他去餐廳，桌上擺滿龍蝦、鮑魚、干貝、烏魚子……，這些高檔的食材。

付帳時阿撇更是掏出十張千元大鈔，闊氣的說：「不用找了。」

櫃臺小姐驚喜之餘，連忙九十度鞠躬，恭送他們到門口。

晚上去ＫＴＶ唱歌，阿撇打電話約兄弟來同樂。

阿撇先喝一杯威士忌，唱了兩首歌，然後就要餵慶記喝酒。慶記遲疑了，又被姑姑擋下，她對阿撇說：「他還沒十八歲，別給他喝酒。」

姑姑點果汁給他喝，阿撇自己舉起酒瓶，豪邁狂飲。慶記雖然沒喝酒，看著阿撇的好氣魄卻也有點茫茫然。

不久一幫兄弟進來。

「撇哥！撇哥！」大家向阿撇鞠躬致敬。

「來！這我家的小朋友，叫做……叫做……」阿撇轉頭看姑姑，「阿記是嗎？」

姑姑點點頭，幫每個人倒滿杯。

眾兄弟一擁而上，舉杯對慶記說：「阿記弟弟，歡迎你。」

慶記咧著嘴，呆呆的舉起柳橙汁回禮，整個人卻飄上了雲端。

阿撇先打通關，七杯黃湯下肚，一張臉漲成豬肝色。

「哇！撇哥好酒量。」有人大聲歌頌。

阿撇一高興，又喝了一個公杯。接著就聽見大家「撇哥」、「撇哥」的誇讚他海量，阿撇神氣極了。

有人點歌來唱，有人自願伴舞，有人拍搖鈴起鬨，其他的划拳助興，包廂內喧鬧無比。

「十五……十……沒有……」

阿撇說：「大家儘量玩，儘量吃，儘量喝。」

「哇！」慶記讚嘆，這就是大哥的風範啊！回去一定要好好炫耀一番給同學知道。心裡又得意的想，有個黑道老大當靠山，又有一幫兄弟保護，從今而後，再沒人敢欺負我了吧！

唱完歌，一群人步出ＫＴＶ，有人開車來接他們，是一輛嶄新的紅色法拉利。

「……」慶記佩服得說不出話。

他又繞著車子欣賞一番，只是這輛法拉利跟之前的賓士一樣，也沒有掛車牌。

回到阿撇家，是一般三房兩廳的公寓，屋子沒有什麼裝潢，只有簡單家具和兩箱泡麵。

慶記又想，老大總是這樣的，對小弟海派，自己隨便就好，真是令人欽佩啊！

姑姑剛才也喝了不少酒，精神疲憊，但她強打精神，招呼慶記去洗澡，並整理客房給他睡。

慶記在外面玩了一整天，簡單梳洗完畢，一躺上床便呼呼大睡了。睡到半夜，慶記尿急起來上廁所。正好阿撇酒醒，也到客廳喝水。

慶記從廁所出來時，阿撇招手說：「來，你過來。」

慶記揉著矇矇睡眼，坐到沙發上。

阿撇指著他胸口上的子彈項鍊，笑說：「哈哈！你叫做『慶記』，你有沒有看過真正的『慶記』？子彈啦！」

慶記搖頭。

「我拿真槍給你玩。」

慶記搔搔腦勺，懷疑自己聽錯了。

阿撇帶他去房間，姑姑在床上睡得正香，完全不知他們的動靜。

阿撇從櫃子裡拿出一把手槍。

「哇塞！是真的耶！」慶記睜大眼睛，忍不住讚嘆。

那把槍有著吸引人的深黑色魅力，慶記接過去，彷彿接過一塊沉甸甸的金磚，不敢高舉，也不敢鬆手，而是如獲珍寶的謹慎撫摸著。

阿撇把槍拿過去，扭開內膛，掉出一顆子彈。

他秀了一下子彈，再度裝回去，說：「小心，不要真的開槍喔！」

慶記縮起脖子，輕輕退了一步。

「呵——」阿撇打了個大呵欠，把槍塞回慶記手上，交代說：「我要睡了，你自己玩。等一下把槍放回櫃子裡，知道嗎？」

「好。」慶記恭敬的點頭。

阿撇上床，被子一蓋，隨即鼾睡了。

慶記舉起手槍，擺出瞄準姿態，對著黑色電視螢幕上自己的倒影比劃起來。他一會兒想像自己是勇猛的西部牛仔，一會兒又幻想是正義化身的警長，正要對歹徒處以極刑。

忽然，他想到嚴寬和……

「砰砰砰！」

他輕叫三聲，然後作勢吹熄槍口的白煙，對自己消滅了可惡的敵人感到得意。

玩了老半天他累了，躡手躡腳的把槍放回櫃子，再回房繼續睡覺。

隔天一早，朦朧中聽見姑姑的聲音從隔壁傳來：「你快起來，慶記要早點搭火車回去，否則到家會太晚，你快起來載他去車站。」

接著是阿撇的聲音：「車子……還給黑鷹老大了……」阿撇似乎酒精未退，說話都吃力。

「騎機車啊！」

「喔……」

過了一會兒，姑姑來叫慶記起床。

「你得早點去高雄轉車，要不然到家會太晚，明天還要上課，是不是？」

「嗯！」慶記點點頭，起來盥洗。

姑姑從樓下買來燒餅油條，慶記匆匆吃下，姑姑又塞給他兩千塊當車錢。不久，阿撇皺著眉頭，一手揉太陽穴，一手拿鑰匙，睡眼惺忪的出現在他面前。

阿撇騎上摩托車，載慶記往火車站出發。

阿撇似乎精神不濟，頻頻打呵欠，有時龍頭沒掌穩，轉彎時車子搖晃，有時沒事亂煞車。慶記坐在後頭膽顫心驚，頻頻叫著：「姑丈！姑丈！」

阿撇回神，說：「姑丈只是叫好玩的，你阿公阿嬤不可能讓我們結婚。我也不敢娶你姑姑，她跟著我們『迢迢人』是沒前途的。」

說完一陣沉默，阿撇宿醉恍惚，車速變得好快。

經過一個十字路口時，阿撇沒注意闖了紅燈，慶記看見有團黑影從右前方冒出來，驚聲尖叫：「煞車！煞車！」

阿撇驚醒猛然煞車，但還是來不及，撞上了私家轎車的後車門，兩人摔倒在地。

慶記沒事，阿撇小腿擦傷流血，轎車倒是安然無恙。

阿撇指著前門大吼：「出來！賠我醫藥費，出來！」

駕駛下車，是一個穿制服的中年男子，無辜的說：「是你來撞我的。」

「你敢對我大小聲？你不要命了。」看對方穿著警衛的服裝，阿撇輕蔑的問：「你是哪個大樓的警衛仔？」

對方不慌不忙的說：「我是泰源監獄的駐衛警。」

「真的假的？」

對方掏出證件給阿撇看。

「啊！」阿撇全身一抖，急忙咧嘴哈腰：「哈哈！大哥，失禮，失禮，泰源裡面有我的兄弟，麻煩多多照顧。」

「你要我賠多少？」

「不必了，不必了。」阿撇牽起機車，示意慶記快走。

慶記好錯愕，羞得耳根子都熱了。

他們再度騎上機車，沿途沒有人講話，只有呼呼的風聲。

到了火車站，慶記揮手道別，眼睛卻不看著阿撇。

搭上火車之後，一樣的山連海，一樣的海連天，他卻望著車廂地板發呆。

怎麼會這樣？剛才的場景是一場夢嗎？他的偶像，他的英雄，怎麼突然變成一頭狗熊？這叫他如何相信？如何接受……

半年後，姑姑逃回臺北，家人都很詫異。

面對長輩們的連番追問，姑姑只說跟男朋友分手了，不想再過那樣怪誕的日子云云，討得了大家的安心。但姑姑偷偷對慶記說，事實是阿撇入監了，她失去經濟依靠，只好回臺北依親。

慶記說出悶在心裡很久的疑問：「為什麼阿撇的賓士和法拉利都沒有掛車牌？」

「那是為了處理江湖事方便，不要讓人記下車號，尤其是警方。」姑姑說。

「江湖事是不是報紙和新聞說的那種走私、討債、恐嚇之類的……」

姑姑怔怔的點頭。

說到阿撇真正入獄的原因，原來是其他角頭的小弟去告密，說阿撇擁有槍彈。有一天警察帶搜索票來家裡，查到了手槍，阿撇因違反槍炮彈藥管制條例，被關進監牢。本來要關三年的，幸好沒查到子彈，減輕了一年刑期。

「啊！」慶記的嘴巴差點合不起來。

回想起那一天，他在火車上恍恍惚惚的，到了高雄忘了去轉乘高鐵，一路在火車裡落寞的搖晃回臺北。

而就在他步出臺北車站的出口前，他把身上的項鍊和偷來的子彈，一起扔進了廁所的垃圾桶……

◇ ◇ ◇

宏岳聽完故事之後，低頭眨了眨眼睛。

「怎麼樣？」美華問他，「好聽嗎？」

「什麼好不好聽？我根本沒在聽。」他挺胸撐起冷漠的表情，翹起下巴說：「說完了嗎？」

「我說完了，你可以走了。」志翔微微一笑。

刺青哥說：「少跟他囉唆，我都聽到快睡著了。趕快把錢交給賴桑，然後領紅包去吃牛排，走！」

兩人快步離開，警察看沒事了，也跨上機車騎走。

望著他們的背影，盧彥勛感嘆說：「唉！這孩子的媽媽是我老婆的姊姊。孩子也是可憐，他從小爸媽離婚，監護權歸爸爸，但是爸爸忙於工作，只好把他送去臺中老家，請他阿嬤照顧。」

「隔代教養？」夏若迪回應。

「沒錯，他小時候很乖的，後來阿嬤過世，被爸爸接回臺北住，媽媽就近時常來看他，可憐的是國中時媽媽生病過世了，他就開始變得不愛講話。」盧彥勛傷感的說，「高三的時候交到壞朋友，成了中輟生，快一年沒上學了，讀的也是山水高中，算起來還是志翔的學長呢。唉！想不到現在當上討債小弟，這怎麼得了！這件事我一定要跟他爸爸說。」

「對了，」夏若迪問志翔：「那些錢是怎麼來的？」

志翔還沒開口，美華就哇啦哇啦，眉飛色舞的宣揚志翔在拍賣會的豐功偉績，兩個舊貨攤老闆聽得讚佩不已。

志翔把剩下的錢都交給爸爸。

盧彥勛忙想起手上的書，趕快遞上去。志翔捧著新書，雀躍不已。

這時一個老先生提著一包東西，失魂落魄的走過來問：「有沒有賣鋁盆？」

「沒有。」夏若迪回答。

志翔看見老先生手上那包東西黑鼓鼓的。

「嘿！這不是崑濱伯嗎？」盧彥勛問，「你需要臉盆嗎？」

「是啊！是盧老闆喔，你有賣嗎？鐵的也好。」

「臉盆這種舊貨一般都當垃圾丟掉了，沒人在收的，你乾脆去五金行買新的比較快。」盧彥勛說。

崑濱伯點點頭，默默的離開。

盧彥勛對夏若迪說：「我以前跟崑濱伯收過舊貨，他們家在鄉下的三合院有許多老東西，聽說前幾年田產和房地都被縣政府強制徵收，才流浪到市區打零工。」

夏若迪說：「政府為了建設，多少會犧牲一些老百姓的權益。」

「不！你不知道，這裡面很黑暗啦！」盧彥勛又說，「政府用低價徵收土地，又低價讓財團來開發，假借工業區用地，其實後來都變更為住宅用地，蓋豪宅來賣錢，一翻十幾倍，獲利上百億，說穿了就是官商勾結在分贓。」

志翔一聽，腦中如雷一閃，急忙說：「美華，你快去超商買一杯熱咖啡回來。」

「誰要喝咖啡？」

美華問完卻沒聽到回答，因為志翔已經把新書放在躺椅上，匆匆跑走。

第二話

油桐花咖啡杯

「我該回去顧攤子了，離開太久了。」盧彥勛說。

「盧老大，剛才真感謝你。」夏若迪說。

「哪裡，沒幫上什麼忙，倒是你不用煩惱，志翔那麼會做生意，很快就能幫你還清債務了。有需要我的話，不要客氣，儘管開口。」

盧彥勛說完便離去。

美華依照吩咐，跑去超商買來一杯熱咖啡。

她說：「夏伯伯，請喝咖啡。」

「我不喝咖啡的。」

美華一愣，環顧四周，疑惑的問：「奇怪？那志翔叫我去買，是要給誰喝啊？他又跑去哪裡了？」

不久，志翔拉著一個人往攤子走回來，仔細一看，竟是剛才那位崑濱伯。

只見崑濱伯腳步移動但一直想掙脫志翔的手，不情願的說：「放開我，年輕人，你到底要做什麼？」

「崑濱伯，跟我來，我拿一個咖啡杯給你看。」

「亂來，我要買的是臉盆，不是咖啡杯。」

「這個杯子很有趣，你一定會喜歡。」

「不要給我亂推銷東西，我不會買的。」

兩人拉拉扯扯，還是回到夏若迪的舊貨攤。

崑濱伯還是說：「我不想看什麼咖啡杯。」

「其實，我只是想請你喝杯咖啡。」

志翔望美華一眼，美華會意，「喔！」一聲遞上咖啡。

夏若迪看兒子這些舉動，搞不懂他要做什麼，但想到崑濱伯被強徵房地田產，覺得同是天涯淪落人，就趕緊把折疊椅拿過來，說：「崑濱伯，這裡坐。」

崑濱伯還有戒心，遲遲不願坐下。

志翔從攤子上拿起一組咖啡杯盤，說：「這個咖啡杯是一樁離奇死亡案件的證物，跟一個強徵民地，官商勾結的黑心縣長有關喔！」

「喔？」崑濱伯一聽，終於卸下心防坐下來，接過美華的熱咖啡。「我就是被縣政府搶了房地田產，害我現在家破人亡，流落街頭。」

夏若迪問：「不是有發補助金嗎？」

「兩甲田和三間紅瓦厝，只賠我兩百五十萬。這麼少錢我怎麼買得起新房子，我和我老婆、兒子只好到都市來租房子，找散工做。」崑濱伯喝下一口咖啡。

夏若迪到車上拿出餅乾，請崑濱伯吃。

他揮手又說：「我兒子當建築工人，一個月有十多天可以賺到錢，但是很難存錢，結婚生子是不用想了。我是撿資源回收，多多少少貼補一點，可憐的是我老婆，兩個星期前癌症過世了，死之前嘴巴還唸著我們的三合院和田地。她以前身體很健康，三合院被徵收之後變得非常鬱悶，每天愁眉苦臉，吃不下睡不著，很快就身體不舒服，每天這裡病那裡痛的……嗚……」

崑濱伯哽咽起來，接著老淚縱橫，低頭號哭：「嗚……我可憐的老婆啊，你等我一下，我就去跟你作伴嘍……嗚……」

氣氛低沉，美華也跟著掉眼淚，夏若迪連忙勸說：「崑濱伯，你不要太悲傷，藥師佛會賜你太太仙丹，她已經沒有病痛了啦！」

「崑濱伯你看。」志翔展示手上的咖啡杯盤，刻意轉移話題。「這上面的花色漂不漂亮？」

崑濱伯抬頭，看見杯盤上的花朵，點頭說：「很美，這是什麼花？」

「這是油桐花，夏天開滿山，然後謝掉鋪滿地，好像六月雪。」志翔說。

「我知道油桐樹，以前摘取種籽來榨桐油，做紙傘時用來抹在紙面，防水用的。」崑濱伯解說。

志翔又說：「沒錯，現在變成桐花季的觀光主角了。」

志翔把油桐花杯盤交給爸爸，又給美華使個眼色，接著伸出雙手掐住自己的脖子，大叫一聲：「啊——」

夏若迪沒心理準備，嚇一跳，手上的杯子震了一下。

崑濱伯嚇得聳肩膀，結結巴巴說：「你怎麼……怎麼了？」

美華噗哧一笑，忙解釋說：「沒事啦！是他開始要講故事了。」

只見志翔仍然掐著脖子，張著銅鈴大眼，大喊著：「鬼……」

◇◇◇

「鬼……嗚……」縣長瞪大眼睛，雙手掐脖子，痛苦張嘴。「鬼……啊……」

他彈起來撞到桌子，桌上的水果蛋糕和咖啡杯盤都摔落地面。他嘴脣發黑，倒地掙扎。

隨扈慌張大叫：「快來人，縣長噎住了。」

三、五人一擁而上，死命的往他嘴裡挖，然後人工呼吸，心外按摩，又叫救護車。餐廳老闆、員工和工讀生都不知所措。

這家位在矮坡上的高級古典西餐廳，縣長常來喝下午茶，而就讀國小五年級的少年偵探柯男，這天正好目睹這一切。

他離開同桌的小女孩瑞美，好奇的溜進吧臺後面，又在餐廳裡繞一圈，走到門口眺望對面丘陵的果園。

果園裡是一片橙黃橘綠的美麗景象。在這秋末冬初的好天氣裡，陽光普照，怎麼發生這麼悽慘的事呢？柯男嘆了一口氣。

不久救護車來了，還帶來一位醫生，大家拚命搶救，仍然急救無效。

隨扈把縣長日常服用的慢性病藥物拿給醫生看。

醫生接過來，疑惑的說：「贊安諾、心康樂、脈優，這些是鎮定劑、心律不整和降血壓的藥，縣長中餐後有吃嗎？」

「都吃了。」隨扈認真回話。

醫生又問：「縣長這些毛病並不適合喝咖啡、茶這些刺激物。」

「醫生，縣長自己也知道，可是他有咖啡癮，每天少不了要喝一杯，然後吃藥控制著。如此這般也好幾年了，從來沒出問題。」

醫生也疑惑：「他這幾天有比較勞累嗎？」

「沒有啊！他休了三天假，今天才上班，早上去視察果園徵收的業務進度，下午來這裡休息。」

「那就怪了。」

救護車離去後，警車緊接著趕到。

警察封鎖現場，採集蛋糕、咖啡液，也將那組油桐花圖案的咖啡杯盤，用塑膠夾鍊袋包起來，準備帶走。

警察同時盤查在場的人並做筆錄，首先查問的對象是餐廳老闆。

「蛋糕是誰端來的？」

「是我。」老闆說：「因為客人是縣長，又是我們餐廳的大股東，所以我親自服務。」

「咖啡呢？」

「也是我端來的。」

「還有誰碰過這兩樣東西？」

老闆說：「蛋糕是我在冰櫃拿出來的，咖啡的話，是雅婷煮的，她是工讀生，才來不久，不過很會煮咖啡。」

警察轉問雅婷：「你看到的情況是怎樣？」

雅婷似乎受驚不小，戰戰兢兢的說：「那時我準備去收拾另一桌的餐具，突然聽見縣長大叫一聲，然後我抬頭，就看到他掐著自己的脖子，站起來撞倒蛋糕和咖啡，然後倒在地上。」

警察再問正式員工冠宏和慧君，接著是另外一個工讀生廷宇。

冠宏和慧君是廚師，兩人在廚房裡備餐，沒有親眼見到事發現況。廷宇負責端盤子，他的說詞跟雅婷如出一轍。

警察又問客人，在場有七個大人，五個女人，兩個男人。

不知是不是怕麻煩，他們都說沒有留意，也都是聽到縣長大叫，才轉頭看見情況。

輪到柯男，他說：「我的同學瑞美是老闆的女兒，我放學後都來這裡跟她一起寫功課，等我媽五點下班來接我。而我看見的，跟大家都差不多。」

警察看老闆，老闆點頭說：「柯男的媽媽是我的好朋友，我們講好，讓柯男每天來這邊，直到媽媽下班來接他。」

為了慎重起見，警察在各處拍照存證，並且又拿了一些咖啡粉，連同其他證物一同帶回去檢驗。

警車離開後，客人們開始竊竊私語。

「剛剛縣長好像有喊『鬼』？」

「早就聽說他被惡鬼纏上了。」

「你是指私人山坡地被他強徵之後，憂憤自殺的那個原地主？」

「不然還有誰？我看真的是見鬼了，上次雜誌都報了，高鐵跳電半路停駛那一次，他正好也在車上，嚇得躲進廁所不敢出來。」

「那跟鬼有什麼關係？」

「他自己說是擔心後面來車會高速追撞，因此躲進廁所比較安全。但隨扈向記者透露，縣長當時的表情像是見到鬼。」

「鬼在追他？」停了一下，那個人又說，「他剛到餐廳時有去洗手間，我正好也去上廁所，看到他不停的洗手，洗了又洗，他是不是有潔癖？」

「做那麼多沒天理的事，怎麼也洗不乾淨啦！用金盆來洗也沒用。」

「你不知道嗎？那些徵收來的山坡地，名義上要規劃生態園區，其實是要賣給建商蓋花園別墅的，一轉手縣政府就賺好幾億。」

「然後建商蓋好房子，一轉手又賺好幾億。」

「什麼好幾億？是十幾億，幾十億。」

「聽說都有暗盤交易，建商還是他自己的親戚，搞不好他也是股東。」

「八成是有利益糾紛，髒錢擺不平，食物被下毒。」

「噓！別亂講。」

最後兩句對話音量壓得特別低，但全聽在柯男的耳朵裡。

幾天後檢驗結果出來，蛋糕和咖啡都無毒，咖啡杯緣也沒有毒物反應，縣長是異物梗塞呼吸道，單純意外死亡。

但新聞報導之後，冤鬼討命之說甚囂塵上。

柯男看了新聞斬釘截鐵的對自己說：「原因絕對不是這麼單純。」

幾天後，警察返回餐廳，歸還油桐花咖啡杯盤。

柯男問老闆：「這組杯盤從桌子上掉下去，為什麼沒有摔破？」

「這是高級的骨瓷，瓷胎的材質裡含有高度的牛骨成分，硬度很高，比起一般的瓷器更堅固耐用。」老闆得意的說明，「加上地板鋪了地毯，大概因此減低了撞擊力吧！」

「原來如此。」柯男又問：「這組咖啡杯還會給其他客人使用嗎？」

「當然不妥。萬一有客人知道了，心中還存有縣長暴斃的陰影，這樣會影響本店聲譽的。」

「我心裡沒有陰影，可不可以送給我？」

「好啊！你想要就拿去用。」

「謝謝伯伯。」

柯男開心的接收了。

但其實民眾不但不怕，反而蜂擁來餐廳消費參觀。每天都有一批又一批的客人好奇前來，看看這位極具爭議的縣長離奇死亡之所。

原本老闆還想歇業兩週，請法師來驅邪作法，等這新聞過去了再恢復營業，但看來是完全不需要了。

客人川流不息，柯男和瑞美只好移到旁邊的小庫房寫功課。

隔天，他把那個咖啡杯拿來盛果汁，就放在和瑞美一起寫功課的餐桌上，渴的時候就用嘴脣沾一下，想到的時候也用舌頭舔一下。

工讀生雅婷看見了，打趣說：「柯男小朋友，你比那些貴婦還高級耶！居然用那麼漂亮的咖啡杯喝果汁。」

柯男故意瞥了雅婷一眼，炫耀說：「這是死亡縣長生前最後舔過的杯子呢！」

雅婷拉下臉，即刻走開。

其他店員看見了，也會過來虧他兩句，說他太會享受，愛學大人什麼的。柯男同樣回他們：「這是死亡縣長生前最後舔過的杯子呢！」

有人大笑，有人表情詭異，還有人說：「怎麼沒拿去給縣長陪葬呢？」

瑞美聽得不耐煩，嘟著嘴說：「你好噁心，死人用過的，你也撿來用，還到處跟人家說。」

「我噁心？你才無聊咧！縣長用來喝咖啡時又還不是死人。」柯男辯駁，「而且我有認真用洗碗精洗過三次，很乾淨的。」

「哼！強詞奪理，我要趕快寫功課，不想理你。」

柯男呵呵笑，也認真寫功課。

寫完功課之後，他到櫃臺點了一個水果蛋糕。

柯男接過蛋糕後並沒有吃，而是把蛋糕放進一個透明塑膠袋中，再拿進小庫房，擺在窗邊。很快的，有東西跑進塑膠袋裡。

柯男把袋口封緊，又拿去給工讀生雅婷：「我要外帶，請幫我冰在冰櫃裡。記得，冰櫃要關緊喔！」

「這還要你提醒啊？」雅婷笑著說。

下午四點，餐廳人潮散去，老闆和員工急忙收拾東西，趕在五點晚餐時間前復原一切。

四點五十分，柯男收拾好書包向瑞美道別。

他走向吧臺和雅婷拿到蛋糕，然後放在吧臺上，打開塑膠袋。

「不是說帶走嗎？怎麼又要吃了？」雅婷好奇問他。

「不，我沒有要吃。我只是要告訴你，咳咳！」他故意清了清喉嚨。

「雅婷姐姐，其實，你不必擔心突然離職會引起警察的注意。」

「你說什麼？我聽不懂。」雅婷說，表情有點緊張。

「其實我都知道了，你用雙倍的咖啡粉泡濃縮咖啡，用高濃度的咖啡因誘發縣長心律不整。你為了做這件事，事發的十天前才來打工，事成之後想離開卻怕被懷疑，不敢突然離職。」

「我……」

「那時你嚇呆了，忘了及時倒掉咖啡渣，我都看見了。」

雅婷張大嘴巴，啞口無言。

柯男指著蛋糕上的草莓，又說：「老闆一定選了草莓最大顆的蛋糕給縣長吃，卻害他在心律不整時噎住了。接著隨扈急救失當，本來應該用哈姆立克急救法才對，而不是往嘴巴裡挖，那樣只會讓草莓更往裡頭塞，等於間接害死縣長。」

「你……」雅婷驚訝得說不出話。

柯男又說：「你懂點醫學，因此用這種方法來復仇？」

雅婷深深吸一口氣，坦率的說：「沒錯！我是藥學系的學生，特地休學來報仇。我的外公就是自殺的地主，對面的果園原本是外公的，被那個狗官搶走了。」

「你這個方法真不錯，就算被發現，也只能說是無心之過，根本不能算過失殺人，你完全可以逃避刑責，殺人於無形。」

「哼！我查了很多縣長的報導，知道他有高血壓、心悸、強迫症，想不到一杯咖啡就要了他的狗命，呵！死有餘辜。」

「咖啡因的效力雖然大，但他之前有吃藥了，應該不會那麼嚴重，事實上是潔癖害了他。」

「隨便。如果你想告發我那請便，我會認罪。」

「不，我剛剛說過了，這不是殺人，連過失殺人都不是。而且凶手不是你，另有其人。」

「什麼？」雅婷錯愕又困惑，「是誰？」

「冰櫃常常沒關緊，有東西跑進去。縣長最後不是喊了一聲『鬼』嗎？其實他說的不是『鬼』，而是……」

「雅婷！別跟柯男閒扯，晚餐時間到了，快去開門。」老闆嚷嚷。

「喔！」雅婷應聲要走。

「等等。」柯男抓住她的手，「你看蛋糕。」

雅婷低頭，看見蛋糕上有好幾個芝麻大的褐色小點點。

這些小點點從回溫的草莓、鳳梨、奇異果上甦醒，然後悠悠晃晃的飛出塑膠袋……

◇ ◇ ◇

崑濱伯聽完故事猛然抬起頭，雙眼圓睜彷彿燃燒著火焰，咬牙切齒的說：「沒良心的縣長，不只貪公家的錢，還吞掉百姓的財產，害我家破人亡。我詛咒他不得好死，還要去閻羅王那兒告狀，請求冥旨，讓他全身長滿毒蟲，全身爛光光……」

聽起來，崑濱伯以為是自殺者化成冤鬼來索命，激動的堅定了報仇的決心。

「不，不，不是這樣的……」美華猛揮手，「崑濱伯，害死黑心縣長的不是鬼，是『果蠅』。」

「果蠅？」崑濱伯一臉困惑。

夏若迪拍大腿說：「啊！我懂了，縣長一開始就說了，但說的不是『鬼』這個字，而是『果蠅』。只是因為他喉嚨哽住了，嘴巴裡塞滿食物，導致發音不清楚，聽起來像是『鬼』。」

美華轉頭問志翔：「我說的沒錯吧？」

志翔點頭說：「沒有錯，但說實在的，他是被自己害死的。他做了那麼多虧心事，晚上睡不好覺，平常緊張兮兮，自然身體不好。正所謂『多行不義必自斃』。」

美華也說：「對呀！善有善報，惡有惡報，不是不報，時候未到。」

志翔又說：「所以說，那種人自然有天公伯去解決他，崑濱伯你要好好活下去，不該為這種黑心人去死，那太不值得了。」

「唉……」崑濱伯長長的嘆了一口氣，然後打開袋子，秀出裡面的木炭。「我本來是想燒炭自殺的，現在，唉……」

「千萬不可啊！」夏若迪說：「來，喝口咖啡，吃個餅乾，不要想那麼多了。」

崑濱伯放鬆的靠在椅背上，伸手去拿餅乾，然後配咖啡吃。

「這一組咖啡杯賣多少錢？」崑濱伯說，「我買回去，看著它，就當作縣長已經死了。」

夏若迪搖頭：「不，這不用錢，送給你，你帶回去。」

「這不行，我不能白白拿你的東西，」他看看腳邊的木炭，說：「不然，我用這包木炭跟你交換。」

「好啊！」夏若迪歡喜接受。

「這樣，你們也不必擔心我會做傻事了。呵呵！」崑濱伯笑著。

他又吃了兩片餅乾，喝完咖啡，然後拿起包好的油桐花杯盤，精神奕奕的離去。

美華問志翔：「你怎麼知道他想死啊？」

志翔回答：「我注意到那包木炭，還有他想買金屬材質的臉盆，加上你爸爸說崑濱伯被強徵房地的事，我猜八九不離十。」

夏若迪說：「志翔，救人一命，勝造七級浮屠。你今天做了一件大善事。」

美華說：「那這一包木炭怎麼辦？」

夏若迪說：「路口有家烤香腸的攤子，看起來也是辛苦人家，我拿去送給他。」

志翔笑說：「那真是功德圓滿啊！」

那一天過後，美華更加崇拜志翔，上學時，常常在下課時間跑去找志翔聊天。

同學都傳聞他們兩個在談戀愛，但志翔都清楚跟他們說，兩人只是好朋友。而美華那方面，也是這樣跟同學說的。

她還語重心長的說：「唉！夏志翔太厲害了，我根本配不上他。」

日子一天天過著，很快的到了臘月，快過年了。

附近年貨大街擠滿人潮，連著帶動舊貨市場的人氣大增。志翔家的生意不錯，而且客人都買得乾脆，不勞他掰故事。

英雄無用武之地，他只好抱著一堆書，無聊的翻著。

這一天上午，一對穿著高尚的夫妻經過前面，志翔聞到一股濃烈而優雅的香水味。

太太突然拉先生停下來，疑惑的問：「開心果買了嗎？還有核桃糕和春聯。」

先生說：「都在車上了吧！剛才在年貨大街逛那麼久了，不是都放上車子了嗎？」

「不一定。」

「你不是有列清單？什麼有買，什麼沒買，你會不知道？」先生一臉責備。

太太從口袋掏出一張紙，不高興的說：「這上面列了四十幾種東西，有些買了，有些還沒買，我怎麼可能全都記得。」

「誰叫你不拿枝筆記錄。」

「就會說風涼話，你怎麼不幫我登記？」

先生兩手一攤說：「是你說的，我負責賺錢，你負責花錢。」

太太瞪他一眼：「不行，現在就回去檢查。」

「何必呢？悠哉的逛完舊貨市場再回去看，不好嗎？」先生苦著臉，「走回停車場至少要擠三十分鐘。」

「要逛你自己逛，車鑰匙給我。」

「老婆，你又來了。」

「不管，鑰匙給我。」

「剛才鎖好車門時，你拿走了，你說給你保管才安心。」

「啊！對。」

她急忙打開高級手提包，東抓西抓。

「咦？鑰匙呢？怎麼沒有？怎麼沒有？」太太猛抬頭，滿臉驚恐。「糟糕！是不是掉了？是不是掉了？還是被人偷走了？」

她摸大衣口袋，又摸褲子口袋，整張臉都漲紅了。

「天哪！天哪！不會吧！我的天啊——」她驚慌大叫，暴跳起來。

第三話

理髮手推剪

太太歇斯底里的大叫：「鑰匙！鑰匙！鑰匙到底在哪裡？鑰匙到底在哪裡？喔！我的天啊——」

「我來。」先生輕聲說。

他一點兒都不著急，慢條斯理的拿走手提包。

沒三秒鐘，一串鑰匙出現在他手上。「喏！你放在小口袋，只要拉開拉鍊就找到了，你卻那麼急躁。」

「喔！」太太鬆了一口氣，整個人卻幾乎癱軟。

「老婆，你放輕鬆好不好？」

「對了！」太太又警戒起來，「你剛剛下車有把車子鎖好嗎？」

「你放心，我有上了枴杖鎖。」

「不行，不行，我一定要親眼看見才安心。」太太又慌張的說，「剛剛不是要確認有什麼東西還沒買嗎？走，快走回車上。」

「不要緊張嘛！就算真的沒買到，我再去買就好了。」先生搖搖頭，輕嘆一聲說：「唉！老婆，你是不是該要吃……」

志翔忽然拿起攤位上一把理髮用的手推剪，自顧自的大聲說：「精神科醫生葉克謨，是公認最有耐心、醫術最高超的好醫生。」

「喔？」太太驚訝的轉向志翔，「在那家醫院？」

「臺大醫院。」志翔鄭重其事的說。

「他怎麼樣厲害？小弟弟。」太太急切的問。

「他的口碑非常好，治好許多病人的焦慮症、恐慌症、憂鬱症、強迫症，甚至是精神分裂症。」志翔話鋒一轉，「只可惜，他過世兩年了。」

「啊！」太太好失望。

志翔抓動那把手推剪：「這是他的遺物，也是他治療病人時最有效的工具。」

「怎麼可能？」太太不敢置信，「這不是男士理髮用的手推剪嗎？」

「哇！天下奇聞。」先生笑說。

太太說：「小弟弟，你倒是說說看，手推剪怎麼治病？」

「好，說起這手推剪的功力，得從理髮師林玉蘭說起。」

「什麼？」兩夫妻異口同聲，互看對方，只因又冒出了一個陌生的名字。

◇◇◇

這件事發生在四十年前的南部小鎮。

林玉蘭的父母是鄉下樸實的農夫，生養了七個兒女，林玉蘭排行第五。

她從小成績普普，國中一畢業，父母就送她到鎮上的男士理髮店「學師仔」，謀求一技之長，等過了十八歲，再幫她講個好人家嫁出去。

她和另一個女學徒阿娥同時拜師，都住在老闆家。老闆夫妻待人不錯，給她們一個大房間，一起睡大通鋪。

那時候當學徒都要三年四個月才能出師，從最簡單的跑腿、打雜、掃地、洗毛巾開始，慢慢才能幫客人洗頭、吹髮、掏耳朵、刮鬍、修面，到了最後一年才真正學剪髮。

這期間如果遇上客人少的時候，還要幫煮飯的老闆娘做家事，洗菜、洗碗、晾衣服，忙得不得了，只有吃完中飯睡午覺時，可以好好休息一小時。

「玉蘭，不是跟你講過，像這種深色的衣服要翻到背面才能丟進洗衣機，而且要和白色的衣服分開洗，否則白衣服會被染髒。你怎麼就是忘記呢？我看你還是去洗碗好了。」老闆娘不高興的說。

老闆也常說：「我說玉蘭啊！客人進門時你要點頭招呼說：『請坐，看報紙，看雜誌，稍等一下。』你怎麼總是呆呆的站在那裡？只會點頭傻笑呢？」

玉蘭學習力差，應對也慢，常常挨罵。

阿娥就不同，伶牙俐齒，動作敏捷。

「歡迎光臨，客人請坐。真不好意思，今天客人比較多，要辛苦你多等一下喔！這裡有報紙和雜誌，請隨便看，不然看電視也好啊！」

阿娥不只會講這些制式的客套話，還會跟客人閒話家常。

「大哥，你今天穿得很帥氣喔！我猜你的老婆一定也是個大美女。」

「唉唷！這位大帥哥，今天怎麼沒有帶你家的小帥哥一起來呀？」

阿娥也很會看眼色，很得老闆夫婦疼。因此掃地、洗菜、洗衣服、洗碗，這些粗重工作就全交給玉蘭去做，阿娥就待在店裡，幫忙款待客人。

一年半過去後，玉蘭還在幫人洗頭，阿娥已經可以幫客人修面、掏耳朵了。常常看她在客人耳朵邊甜言甜語，甚至打情罵俏，客人開心，老闆也點頭默許。

有一天玉蘭在洗菜，老闆娘忽然湊過來，在她耳邊低聲問：「最近櫃臺抽屜的銅板常常短少，你老實講，有沒有偷拿錢？」

玉蘭愣愣的說：「我、我不知道。」

「不知道什麼？」

「我不知道，你在說什麼？」玉蘭老實回答。

「我問你有沒有偷錢？」

「我沒有，我沒有。」玉蘭這次聽清楚了，急忙否認。

「手腳乾淨一點。」老闆娘口氣不悅，「要是被我發現，絕對不會放過你。」

「好。」玉蘭害怕，還有點無辜。

那天開始，玉蘭隨時都感受到一雙眼睛從四面八方緊盯著她不放。

其實不只一雙眼睛，應該說是四顆眼睛，因為老闆的眼神也不時銳利的射過來，讓她心驚肉跳，很不自在。

一天午睡時，玉蘭因為經期來，十分疲倦，睡得很沉。

半個多小時後，睡她左邊的阿娥起身上工了，她卻完全沒知覺，一直到老闆娘來叫人，才昏昏醒來。

「啊！果然就是你，還騙我說沒有。」老闆娘大叫，「可惡！你說，你偷多久了，一共拿了多少錢？」

老闆娘滿臉凶惡，玉蘭非常害怕，卻完全不懂她在說什麼。老闆娘氣呼呼在通鋪上撿起六個十元銅板，她還搞不清狀況。

那些銅板正落在她左腰旁邊二十公分處。

「你說，你偷多久了？」老闆娘擰她的耳朵。

「我沒有，我沒有。」她痛得流眼淚，慌亂搖頭。

老闆聞聲進來，拉下臉：「真是飼老鼠咬布袋。」

玉蘭不知怎麼辯白，只是默默搖頭抽泣。

從那一天開始，玉蘭的日子變得極為難熬，老闆跟老闆娘都沒給她好臉色，阿娥也時不時的對她頤指氣使，把她當成小妹使喚。

有一晚臨睡前，阿娥還笑她說：「拜託你好不好，跟客人講話的時候要笑一下，不要一張孝男臉，不對，是孝女白琴，哇哩咧，又不是在五子哭墓。」

玉蘭沒說什麼，她知道以阿娥優異的表現，確實是有資格數落她的。只是玉蘭不懂，那些錢為什麼會出現在她身旁？難道是阿娥故意栽贓她？

可是她說什麼也沒用了，有苦無處訴，不敢跟家人講，也不敢在人前哭泣，只好在洗澡時偷哭。人家問她為什麼眼睛紅腫，她就說是洗頭時不小心沾到洗髮精。

直到有一天，阿娥收了客人的一張百元鈔票，拿去放在抽屜時，被老闆發現掌心藏了一個銅板。這下人贓俱獲，無法抵賴，玉蘭才重見天日。

在老闆夫婦的逼問之下，原來，銅板都是阿娥偷的。而那一天通鋪上的銅板，阿娥也承認是她藏在右邊口袋，睡午覺時不小心掉出來的。

當阿娥發現玉蘭背了黑鍋，便順勢假扮正義的一方，但食髓知味的她，暗地裡還是繼續偷錢。

老闆通知阿娥的父母把人帶回去。

她的父母慌慌張張來店裡，千拜託萬拜託，賠了錢，也叫阿娥下跪道歉，才說動老闆繼續收留。

那時代非常重視學徒制度，凡是被逐出師門的人，等同人格掃地，沒人會聘用，名聲比臭雞蛋還臭，一輩子算是完蛋了。

望著夜裡哭泣的阿娥，玉蘭不知怎麼安慰她，就像她當初也不知怎麼安慰委屈的自己。雖然真相大白，但玉蘭已經萎縮的自尊和消失的自信，在後來的日子裡，也很難找回來了。

那時葉克謨才七歲，讀小學一年級，家裡開糕餅店，爸爸常帶他去那家理髮店光顧。

有一次爸爸理好頭，先回家做生意，留下他接續理髮。他個子矮，老闆在理髮椅上架洗衣板，讓他坐上去好配合老闆的身高。

他坐定後望向鏡子，發現在背後拿手推剪的人，是一位年輕的小阿姨。

老闆說：「今天這個就交給你了。」

只見小阿姨十分緊張，望著他的後腦勺猛吞口水。

他以為跟平常一樣，二十分鐘就能離開硬邦邦的「高架椅」，沒想到剪沒幾分鐘，小阿姨就緊張兮兮的跑去找老闆，老闆便過來指導一番。沒幾分鐘，小阿姨又找老闆，老闆再來修剪一下，就這樣來回不知幾十次，小阿姨滿頭大汗，臉色發白。

「小弟弟，別動，別動，不然會剪醜醜喔！」小阿姨怯生生的說。

葉克謨好想動，卻不斷被制止，他有時摸摸大腿，有時抓抓臉，感覺被人綑綁得好難受。他只能背注音符號打發時間，然後阿拉伯數字從一到一百，默唸了好多回，心中一直嘆氣。

他媽媽見他還沒回家，擔心的來找人。

老闆忙鞠躬說：「歹勢！歹勢！讓這『師仔』練一下。小弟弟很乖，不吵不鬧，非常乖。」

媽媽沒怪罪，反而客氣的說：「沒關係，慢慢練，儘量練。」

於是漫長的等待有如地老天荒，他足足當了三個半小時的白老鼠，最後在老闆的大整修之後才終於離開座椅，哭喪著臉回家。

「哇——」葉克謨回到家，號啕大哭。

媽媽抱過來安慰說：「幫助人家是好事嘛！也沒做什麼，坐著而已啊！我的阿謨最乖了。」

接著又哭了五分鐘。

那一次之後，葉克謨死都不肯去那家理髮店剪頭髮，只要爸爸說要去，他就哭鬧。頭髮長了，爸爸只好騎車騎遠一點，帶他去另一家理髮店給人剪。

兩年多後，葉克謨跟媽媽去市場買菜，一個年輕的女孩跑過來對他媽媽說：「老闆娘我出師了，在東村開了理髮店，歡迎過來坐坐。這位小弟半價優惠喔！」

葉克謨認出那是當年害他枯坐三個多小時的小阿姨，嚇得躲到媽媽背後。媽媽倒是聊了一會兒才認出來。

正好葉克謨頭髮長過耳朵了，媽媽買完菜想帶他過去修剪，但他心有餘悸，死也不肯。

「別擔心，人家出師了，而且半價喔！省下的錢，買冰棒給你吃。」

聽到心愛的冰棒，他才勉強就範。

到了目的地，抬頭一看，店名叫「玉蘭理髮店」，招牌還很新。

玉蘭已經在店裡剪髮，有人在排隊等候。

輪到葉克謨時，這一回只坐著十分鐘就解脫了，比給原來的老闆剪還快，而且頭髮剪得短短順順的，媽媽不停讚美。

從此他和爸爸成了玉蘭阿姨的主顧客。

玉蘭收費實在，剪髮俐落，洗頭也花功夫，不怕耗費洗髮精。

有一次葉克謨聽到客人說：「那個阿娥真夭壽，也沒先通知，就拿毛線棒往我臉上青春痘挖，說她有很好的抗痘藥膏，強力推銷，害我多花了兩百元。可惡！我再也不去她那邊了。」

玉蘭笑笑沒說什麼，但葉克謨發現，她的生意越來越好。

三年後，玉蘭帶著未婚夫來葉家訂做喜餅。原來她有了一手功夫，媒婆說親促成良緣，即將嫁給身旁那位在鐵工廠上班的工人。

玉蘭對葉媽媽說：「雖然糕餅店很多家，但是我一定要來這裡做喜餅，還要請阿謨當花童。」

爸媽好開心，葉克謨也樂得賺個大紅包。

一年後玉蘭生孩子，到了孩子兩歲，她卻要把店收起來。只因她的丈夫要創業，在外地開鐵工廠，她得要搬過去當老闆娘，接洽客戶兼管帳，不剪頭髮了。

臨走前玉蘭到葉家送禮，笑著說：「以前我當學徒時，很需要客人給我練習剪頭髮，可是我技術差又膽小，沒人敢讓我剪。阿謨，謝謝你，你那時乖乖的讓我剪了三個多小時，你還記得嗎？你知道嗎？你是讓我把頭髮剪完的第一個客人，給了我很大的信心，要不是你的耐心，我不會有今天，有好姻緣，好家庭。」

「啊！」葉克謨好驚訝，自己原來這麼重要，而且當時的委屈，竟然真正幫助了別人。

媽媽問：「那些美髮的用具，怎麼處理呢？」

玉蘭說：「看看有誰要就送他嘍！」

葉克謨想了一下，說：「阿姨，可以送我一把手推剪嗎？」

「手推剪？」

「對，用手推的那一種，不是電動推剪。」

「好啊！沒問題！」

於是葉克謨獲得那件紀念品，那時他讀小學六年級。

因為耐心而幫助了別人，這讓他受到很大的鼓舞。

他用功讀書，遇上不會的功課總是耐心求教，從此成績大大進步。

每當遇到困難，或者有不如意的時候，他都會從抽屜裡拿出那把手推剪，慢慢的握幾下。

「喀，喀，喀……」

聽著手推剪的聲音，他的心就會平靜下來，冷靜的思考事情的來龍去脈，釐清困境發生的原因，然後尋求解決之道。不多久，心情也跟著開朗起來。

後來他考上一中，三年後又考上醫學院，最後發揮了耐心和愛心，當上人人敬愛的精神科醫生。

不論是焦躁的老頭、憂鬱的婦人、煩惱的上班族……，來到他的面前，都因著他親切的笑容、和緩的語調而放鬆。一些遍訪名醫的病人還反應，吃過葉醫生的藥，病情明顯改善，但是看看藥包上的藥名，其實跟別人開的一模一樣。

有時病人躁症發作，在診間激動大罵，看著病人伴隨極端情緒而來的表情和動作，葉醫生的心緒多少還是會波動，皺眉出言制止。有時面對不斷重複的病症，甚至病患深陷憂鬱無法自拔時，他也苦惱焦急。

像這樣的情況，在病人離去的空檔，他會打開抽屜，拿出那把手推剪，握在手上動動。

然後在下一個病人出現時，他已經恢復笑容，彷彿車子加滿了油。

◇◇◇

「就像這樣。」志翔抓動手推剪。

「喀，喀，喀……」

太太看得出神。

先生體貼的說：「老婆，你要不要吃……」

太太懊惱的瞧他一眼，志翔急忙說：「開水我有，你稍等。」

「你怎麼知道我要吃藥？」

志翔從保溫壺倒來一杯溫開水，笑說：「抗焦慮的藥，對不對？」

太太的雙眼瞪得好大。

志翔又說：「你常常夜裡失眠，只要明天有一丁點兒計畫要進行，你的腦子就會轉個不停，尤其是那一天喝了茶或咖啡。」

「沒錯。」太太點點頭，眼睛瞪得更大。「我好幾年不敢碰這兩樣東西了。」

志翔繼續說：「具體一點說，當你的腦子開始轉的時候，就像核能引爆一樣，從一件事想到三件事，又從那三件事各自聯想起三個問題。這樣已經有九個問題了，你又會在這九個問題上，各自有三個疑惑，再從這二十七個疑惑，發展出八十一個『怎麼辦』……就這樣一直輪番想不停，非常疲累，你想停又停不下來。」

「對，對，對，就是這樣，完全停不下來，幾乎……幾乎……」太太緊鎖雙眉，表情痛苦。

「幾乎要崩潰。」志翔斬釘截鐵說。

「你怎麼知道？你怎麼知道？」太太宛如遇到患難知己，感動得紅了眼眶。

先生一旁答腔：「我叫她喝點紅酒助眠，她也不聽。家裡紅酒那麼多，都是有年分的……」

「不是我不要，而是……」

太太要辯解，志翔搶先說：「先生你錯了，酒是興奮劑，喝了只是暫時放鬆入睡，不久後清醒過來，昏沉頭疼，就更難入眠了。」

「沒錯！沒錯！」太太感激涕零，「就是這樣，就是這樣。」

太太吸口氣又對志翔說：「你該不會跟我說，是那把手推剪具有神奇的力量，讓你產生感應？感應到我的痛苦？」

「哈哈哈！」志翔笑而不答。

「來，給我試試。」她把手推剪拿過去抓動幾下。

「喀，喀，喀……」

太太瞇起眼睛說：「耶！葉克謨醫師的獨門武器，好像真的有安神的效果。」

先生問：「你該不會想買回家吧？」

太太突然跳起來，把那剪子伸向先生的頭，作勢要剪髮。

先生急忙推開，叫說：「不要，你少來。」

「哈哈！放心，開個玩笑而已。」太太一興奮，心跳加速，連忙按著胸口深呼吸，讓自己平靜下來。「我要買這把手推剪，多少錢？」

夏若迪看看志翔，說：「定價一千八，這是名人的遺物，所以比較貴一點。」

「不貴。」太太掏出兩張千元大鈔，大方的說：「不必找了。」

兩夫妻買了手推剪，決定不回車上去檢查東西，而是繼續逛街。那位太太還把手推剪捧在懷裡，低頭慢行，彷彿在感受它的神奇魔力。

他們離開後，夏若迪問志翔：「你怎麼知道她有焦慮症的？」

志翔從書堆裡挑起一本書，指指斗大的書名——《精神科疾病的自我檢測》。

「哈哈！真有你的。」夏若迪拍手大笑。

「爸！不要笑，現在罹患這一類身心症的人非常多，他們都很可憐的。」

夏若迪覺得自己有點失態了，連忙收斂起笑容，懇切的說：「老實說，新冠肺炎肆虐全球，旅行業與航空業大受打擊，我失去了工作和財富，求職又不順利，那時我也幾乎要崩潰了。」

「爸，你也看到了，有錢人的煩惱不見得比較少。」

「是啊！以前我操作股票，進出都是上百萬，也常常擔心損失而焦慮失眠。」夏若迪搖搖頭，「唉！算了，這些都過去了，倒是你啊！那把手推剪，我一直以為賣不掉呢！」

「這世界沒有賣不掉的東西，只有不會賣的人。」

「嗯！」夏若迪不說話，直接挺出大拇指。

下午，美華又來找志翔。

她右手握著拳頭，舉到志翔面前，神祕兮兮的說：「你猜，裡面有什麼？」

志翔一臉迷惑，笑說：「我不是神仙，也沒有特異功能，不會隔空觀物。」

「猜一下啦！」

「嗯……死蟑螂。」

「不對，再猜！」美華盈盈的笑。

「中頭獎的大樂透彩券。」

「不對。」

「結婚鑽戒。」

「你三八啦！」美華一陣臉紅，只得提早打開手掌。

居然是一條熟悉的項鍊，上頭串有兩顆子彈吊飾，正是美華的表哥所擁有的那一條項鍊。

志翔臉上的困惑加深，美華卻得意的說：「宏岳表哥要我拿給你的。」

「喔！看來他的想法改變了。」

「你這回猜對了。」美華說，「我爸跑去找我姨丈，說表哥跟討債公司在一起的事，姨丈驚訝又生氣。」

「他不知道宏岳中輟嗎？」

「知道啊！可是他一直忙著做生意，大陸、日本、臺灣跑來跑去，沒辦法好好管孩子。」

「宏岳的爸爸是不是狠狠的訓了他，逼他離開討債公司？」

「不！他們父子關係很差，如果那樣做，只會帶來反效果。我爸很了解他們，他要姨丈不要去罵宏岳，他自己去找宏岳懇談了一番。」

「盧伯伯真有心。」

「我爸跟他講完之後，還找我去勸勸他，想說我們年紀相仿，比較沒有代溝之類的。我乖乖去了，結果你知道嗎？我一開始傻傻的不知道怎麼開口，宏岳就把項鍊拿下來，要我轉交給你。」

「為什麼？」

「他沒說原因，只說你看到就會懂的。」

「是，我懂。」

「其實我也懂。」美華微笑。

「太好了。」

志翔把項鍊交給爸爸，說：「把這個放在攤子上。」

「標價多少？」夏若迪問。

「不，是非賣品。如果客人有興趣聽聽它的故事，我就講〈兩顆子彈〉給他們聽。」

「好！」夏若迪拿了項鍊，轉身去拿紙筆製作標示牌。

「我有信心，你表哥會變好的。」志翔自信滿滿的對美華說。

「就憑他給你這條項鍊？」美華有點不信。

「這只是開始。」志翔高深莫測的說著。

第四話

子母雞大碗公

星期三放學回到家，江夢蝶跟志翔說：「你爸要我跟你說，這個週六會新進一批貨，對方會直接送到舊貨攤，要你到時候幫忙看看。」

「看真偽嗎？不用了，又不是古董。」

江夢蝶說：「當然不是，舊貨又不值很多錢，誰有功夫去造假？他是要你看看，有哪幾樣比較能說出故事的？叫你幫忙挑出來，他來訂個好的價錢。」

志翔笑說：「都一樣，每個舊貨都有故事。」

「你確定？」江夢蝶疑惑的說，「有那麼多故事嗎？」

「媽，那麼多人用過這些東西，它們本來就有很多故事了。」

江夢蝶也笑：「我不知道你還有透視眼，能穿越時空看出它們的老故事？」

志翔不回答，反問說：「唉呀！你這不是明知故問嗎？」

志翔傳了簡訊給美華，內容是邀請她在週六到舊貨攤一聚，一起欣賞新來的這一批貨。美華答應了。

星期六中午志翔來到舊貨攤，果然新進不少舊貨，琳瑯滿目。他蹲下來仔細看，有古早味的吹風機、大碗公、鐵茶壺、裝木炭的熨斗……，真是有趣。

夏若迪一邊翻看檢視，一邊問：「你看看這些舊貨有故事嗎？」

「爸，你放心啦！有目標客人出現時，自然就會有故事了。」

「喔——」夏若迪故意拉長音，「這樣啊！」

不久，美華遠遠的從舊貨市場的另一邊走過來。

夏若迪看見她，問候說：「美華啊！吃過飯了沒？最近好嗎？都在忙什麼？」

「上課下課，讀書，寫功課啊！」美華反射性的回答。

「好，好，認真讀書，把大學考好才是對的。別學夏志翔，專讀一些考不到的閒書。」

「爸，你好無聊，講這個幹什麼？」志翔嘟嘴。

「好啦！你們繼續聊。」夏若迪說完，走到後車廂去清貨物。

這時，一位婦人出現在舊貨攤前，開口說：「請問，你們有沒有在收舊貨？」

夏若迪迎上去說：「有的，你想賣什麼東西？」

「我撿了很多廢紙、鐵罐和保特瓶。」

「啊！不好意思，那是資源回收，我們這裡是舊物回收，不一樣。」

「這樣啊！」婦人難掩失望，想了一下又說：「有一把老檯燈，你要收嗎？」

「這要看了才知道，多久的東西？完整的嗎？」

婦人說：「那是十年前朋友送的結婚禮物，鑲嵌玻璃的燈罩，還很完整。」

「聽起來不錯，好的玻璃檯燈可以賣到一千元以上呢！你確定不要了嗎？」

「呵！沒在用了。」婦人冷笑一下，「本來以為當夜燈很浪漫，誰知道到後來點亮它，都在等夜夜不歸的人……」

「滴鈴——」婦人這時手機突然響了。

「喂！老師啊！你好……不，我已經不是謝太太，請叫我張小姐，或者直接喊我家齊的媽媽……沒關係……」婦人的口氣有點不悅，但很快變成驚訝和抱歉。「啊，什麼？升旗的時候差點昏倒，唉呀！我這幾天一大早就出門去撿東西，沒時間準備早餐……我記得前幾天有給他一百元買早餐，不知道他已經花完了……謝謝老師拿餅乾給他吃，我以後會留意的，謝謝！」

婦人掛上手機，手扶著額頭，顯得很自責。

志翔捧起一個灰灰的大碗公，對她說：「你看看這上頭的圖案，滿可愛的。」

婦人一看，是兩隻雞的圖案，一大一小。她搖頭說：「我買不起。」

志翔笑說：「不，我只是想講這個大碗公的故事給你聽。」

「講故事，為什麼？」婦人聳肩膀。

「有關一個單親家庭長大的小女孩，你想不想聽？」

「喔？」婦人揚起眉毛，充滿好奇。「你說。」

◇ ◇ ◇

「林經理，中午有人想訂便當，你要不要一起登記？排骨、雞腿、鱈魚、焢肉，你想吃哪一種？」淑玲問。

「不用了，我自己有帶午餐。」巧慧答。

不一會兒，小柯也來問：「要不要一起去吃牛肉麵？對面巷子口新開的，會計部那邊在問。」

「我已經有東西吃了，你們去吧！」巧慧如此回應。

「林經理，你別虐待自己喔！」宇傑把頭伸進門內，好意提醒。

「不會，我太胖了，我減肥。」這是巧慧一向的藉口。

林巧慧是一家外商公司的經理，月收高達六位數，但同事們邀她去吃午餐或者一起訂便當，她常常婉拒。她老是一個人窩在專屬辦公室，默默的啃著帶來的土司，一邊打開保溫瓶，配著自己帶來的溫開水。

巧慧平日待人熱誠，人緣很好，有人笑她太摳門，有人怪她虐待自己，她都不以為意，依然故我。

有人偷偷觀察，發現她吃土司的時候，總是先啃皮，等土司皮都啃完了之後，才吃中間軟嫩的主體，於是「土司皮公主」之名不脛而走。

只不過大家搞不懂，怎麼好幾次，看見她一邊啃土司皮，一邊紅了眼眶。人家關心詢問，她只是岔開話題，顯得更神祕了。

有一次她生日，大家密謀給她驚喜，一到下班時間，關上辦公室的燈，推出插著蠟燭的大蛋糕，唱起生日快樂歌。有人拉拉炮，有人開紅酒，大家笑鬧一團，無比開心，巧慧卻感動得淚流滿面。

吃完蛋糕，幾杯紅酒下肚之後，主管洪總經理問她：「別以為大家不知道你天天啃土司，而且都是先把土司皮啃完一圈。人家都私下稱呼你『土司皮公主』，你知道嗎？」

「呵！我當然知道。」巧慧傻笑，「還是營業部給我取的，對不對？」

「沒錯，『土司皮公主』，這是你的特殊癖好嗎？或者真的是獨特的減肥法呢？」洪總擔心的說：「跟同事一起吃午餐也是一種社交，可以培養革命情感，凝聚團隊合作精神，你偶爾也跟大家一起吃吃飯吧！」

「有啊！我也會跟大家去啊！只是沒有那麼頻繁。」巧慧笑著為自己辯解，「而且，我也有請大家吃土司，不過沒幾個人領情就是了。」

宇傑說：「我又不是『土司皮王子』。」

「哈哈哈！」大家一陣笑。

小柯也說：「上班那麼辛苦，我想吃好一點，才不要啃土司呢！而且還是配開水。起碼也要配玉米濃湯，或是酸辣湯才好吃啊！」

淑玲說：「你為什麼那麼愛吃土司呢？」

「對呀！總有個原因吧？」洪總也好奇的問。

巧慧看看大家，吐出一口氣，說：「好吧！雖然那是我不太想對人透露的過去，不過既然大家這麼關心，我也只好說了。其實，保溫瓶裡裝的並不是開水。」

「啊？」大家都好驚訝，「那是什麼？」

「那是……」

她終於卸下心防，開始透露「土司皮公主」的身世之謎……

我讀國小六年級時，我爸有了新歡，我媽生氣傷心之餘跟我爸離婚，並且極力爭取，獲得了我的監護權。

由於事發突然，我媽沒有準備，更沒有計畫，身上僅有幾千塊錢，生活頓時陷入困境。原本租在板橋的房子很貴，媽媽聯絡了臺中的老同學，先借一些錢急用，再請他們幫忙找工作。我們搬到臺中的一間便宜小閣樓，媽媽開始到處打零工。她不是幫人整理家事，就是做資源回收，每天回家時都很晚，而且累得說不出半句話。

我轉學到一個新學校，住在陌生的租屋，走在迷茫的街道，一切如在夢境當中。

那時我便體會生活的艱苦，因為我繳不出午餐費。早上我媽給我十塊錢買飯糰，中餐空著肚子，晚餐是我自己用電鍋煮稀飯配醬菜。雞蛋、牛奶和肉品是什麼滋味？我不敢想，也不敢要，尤其看到媽媽滿臉疲憊的進門，我都感到難過和愧疚。

有一次，我說：「媽，我好想幫忙賺錢，可是我什麼都不會。」

我媽說：「巧慧乖，你只要用功讀書就好了。」

每天回家我都先寫功課，然後洗衣服，整理房間，算是幫我媽一點忙。

閣樓位在二樓，房東太太六十多歲，住在一樓，我們進出都會經過她家的客廳。

老太太有點矮胖，是一位虔誠的佛教徒，臉上總是帶著慈祥的微笑，每天坐在佛桌前數佛珠唸經，每當我們經過客廳時，她都會回過身來點點頭，輕聲唸著：「阿彌陀佛。」

我媽會回禮並且拍我肩膀，我就會說聲：「阿婆好。」

阿婆和我媽閒聊時，我仔細聆聽她們的談話。原來阿婆一個人獨居，老公早已過世，三個孩子各自嫁娶，老大在澎湖教書，老二在花蓮開餐廳，老三嫁到屏東，跟先生開民宿，都很少回來。兒子女兒都有家庭要照顧，沒多少能力給她孝養金，因此她非常省吃儉用，總是自己買菜煮菜。

阿婆在了解我們的處境後，常常分一些菜餚給我們吃，還謙虛的說：「不是什麼好東西，請不要嫌棄。」

我媽如果推辭，她就說：「我一個人，東西都吃不完，幫我消化一些吧！」

「這怎麼好意思？」

阿婆會說：「給巧慧補充營養，她太瘦了，要多吃點。」

這時，我媽就會千恩萬謝的收下了。

天曉得，阿婆送來的點心，雖然不是山珍海味，卻已是人間美味。

我媽常向親戚借錢，並積極找工作，但找不到什麼穩定的工作。

有一天，天氣很冷，沒有工可打的假日下午，我媽陪我在樓上寫功課，我聽見樓下傳來「砰砰鏘鏘——」鍋鏟碗盤碰撞的聲音，隨後飄來一陣陣澱粉加熱後的甜味，瀰漫在空氣中。

我媽納悶的說：「這聞起來好像是在炒麵茶，阿婆今天怎麼有興致炒麵茶呢？」

不久從樓下客廳傳來阿婆的呼喚：「巧慧呀！下來吃東西嘍！」

這熟透的甜香也叫我十分好奇，這時正好寫完功課，媽媽拉著我的手步下樓梯。

飯桌上有一個灰灰的大碗公，裡面深咖啡色的東西正在冒著白煙。

阿婆走出廚房，捧著一個空的炒菜鍋，親切的招呼：「快來吃，我親戚開麵包店，送我一包做三明治剩下來的土司皮，我看太乾了不好吞，就去買了瓶牛奶，加糖和雞蛋下油鍋去煎。」

「這聽起來類似烤布丁的作法呀！」媽媽笑著說。

但我覺得碗裡的東西並不像是烤布丁。「咦？有黑色的烤布丁嗎？」

阿婆帶著歉意陪笑道：「歹勢，歹勢！剛剛阿春仔來收會錢，我跟她多講了幾句話，一時忘記，結果煎到燒焦了。」

她放下鍋子，從大碗公裡盛出一個小碗，大碗給我媽，小碗給我。又說：「難得有牛奶和土司可以吃，快趁熱吃。」

我和我媽都遲疑著不敢動手，卻見阿婆捧起鍋子，用湯匙刮起黑褐色的鍋巴，一小塊一小塊的送到雙脣間舔吮起來。

「吃吧！趁熱快吃。」阿婆說完就進廚房去洗鍋子了。

我用湯匙攪拌一下，發現碗裡並沒有所謂的布丁，全都是濃稠的黑色麵糊。

我媽先吃了一口，隨即瞪大眼睛，愣愣的看著我。

我也吃進一口，眉頭一皺，叫說：「好苦喔！」

原本該是金黃的烤布丁，熬成了黑色的黏膏，含入口中化成濃重的苦澀味。

我媽眨眨眼睛，再大大的吃了第二口，笑說：「乖，這可是巧克力烤布丁呢！外面買不到的喔！吃，快吃，阿婆把最好的留給了我們，千萬不要辜負她的好意呀！」

我猶豫了一會兒，硬是和媽媽一起吞完眼前的「巧克力烤布丁」。

過了好久，有一天夜裡，我和媽準備睡了，卻聽見清脆的敲門聲。

打開門一看，是阿婆。她興高采烈的提著一個塑膠袋，見到我媽就往她懷裡塞。我仔細一看，竟是一大包切下來的土司皮。

看著那些支離破碎的土司碎屑，我的鼻腔湧出一陣酸，視線也跟著模糊，兩顆淚珠在眼眶中打轉，因為我已經很久很久沒有聞過奶油的香味了。

阿婆笑瞇瞇的說：「我拜託我那個麵包店的親戚，把店裡每天不要的土司皮給我，特地要留給你們吃的。」

我媽千謝萬謝收下了。

關上門之後，我說：「我想配鮮奶。」

我媽無奈搖頭。

「不然配豆漿。」

「我們沒錢了。」

我媽嘆口氣，量了一些米，熬成一鍋米湯，就這樣配著土司皮吃。

土司的外皮乾乾硬硬的，咬起來粗澀，可是泡進米湯裡，頓時變得香軟滑嫩，入口即化。而米湯味道清淡如水，反而襯托出奶油的甜味和小麥的穀香。

我還記得那時寒流過境，我坐在床邊，吃得嘴裡和胃裡暖呼呼的，內心也暖呼呼的。

從此以後，每天都有米湯配土司皮當宵夜，吃不完的還能當作早餐，我不愁沒精神讀書，身體也漸漸長高長胖了，我媽的體力也因此好了些。

有一次，我端起盛滿熱米漿的碗，一不小心燙了手，整個碗掉在地上摔碎了。

我媽急忙蹲下來收拾，阿婆聽見聲音跑來敲門：「怎麼了？」

她看見地上的破碗後，趕緊到廚房拿一個碗公過來。

「碗太小不好拿，巧慧，你用這大碗公來盛，不燙手，也涼得快一些。」

那個灰灰的大碗公很厚重，外側畫了一隻母雞和小雞，母雞正帶著小雞在抓蚯蚓，看起來很樸拙，很可愛。

隔天一早，我媽帶我下去還碗公，阿婆卻說：「你們留著用，我廚房裡還有很多，不用也是可惜，我一個人也用不了那麼多碗盤啊！如果你去買新的，也只是多花錢而已。」

一陣推辭之後，我媽終究收下了。

不久，我媽找到一個倉儲管理的工作，一個月休四天，薪水還不錯，足夠養活我們母女倆，還有非常便宜的宿舍可以住。不過公司距離我們租屋的地方太遠，所以我們只好依依不捨的搬離阿婆家。

半年過後，我媽還了債，開始有點錢可以給我買新衣服，我們有了新餐具，飯菜裡也常看見雞腿和豬肉了。而那個灰撲撲的子母雞大碗公，我媽把它擺到電視櫃上，成了好看的裝飾品。

有時放假，我媽會買點水果，帶我去阿婆家看她。

阿婆看見我們時，總是開心的跟我們閒話家常，並且從冰箱拿出累積了一陣子的土司皮，打包給我們帶回家。雖然我們已經不需要靠土司皮維生了，但是我還是很喜歡吃。

兩年後的某一天，媽媽又拎了一大袋蘋果，帶著我再次去拜訪阿婆，卻發現大門深鎖。

「鈴鈴鈴——」

鄰居聽見我們不停按門鈴的聲音，跑出來察看。

「是你們啊！你們不知道阿婆過世了嗎？」

「啊！」

「大概兩個星期前才辦完喪事而已，她的孩子都回來奔喪了。」

「怎麼會這樣？」

「她被發現時是躺在沙發上的，醫生研判是腦中風突然死亡，已經死了兩天了，好在收會錢的阿春仔來找她，要不然都沒人知道呢！」

這無來由的晴天霹靂讓我們好難過，我淚水流個不停，好久好久都說不出話。

回程時，我媽特地到麵包店買了半條土司，回家後又煮米湯。我媽把土司皮剝下，獨自品嚐，將軟嫩的部分拿給我吃，我卻伸手拿走土司皮，自己嚼起來。

我們默默的望著電視櫃上的子母雞大碗公，邊吃邊流淚。就是因為這樣，米湯配土司皮的那股香甜和溫熱，是我一生中最難忘的滋味，也是我一再想重溫的，愛的感覺……

◇ ◇ ◇

婦人接過大碗公，細細端詳，隨之輕聲啜泣。

「嗚……」

志翔和夏若迪面面相覷，不知怎麼辦才好。

「都是你啦！害人家傷心。」夏若迪故意責備志翔，好打破尷尬的氣氛。

「對不起。」志翔搔頭。

「呵！」婦人止住淚，「不怪你，是我的遭遇跟故事中的母女很像，忍不住悲從中來。說實在的，這一路走來，也有許多貴人幫助我們母子，實在感恩。」

志翔說：「你們也會跟巧慧她們一樣，越來越好的。」

「謝謝你，這故事給了我很大的鼓勵。」婦人破涕為笑，「不過，雖然這個大碗公很有意義，我卻沒有錢買。」

志翔給爸爸使眼色，夏若迪收到訊號，大方的說：「這不值幾個錢，你既然喜歡就拿回去。」

「不行，不行。」婦人把大碗公推過來。

夏若迪又推回去：「不然這樣好了，你留手機號碼給我，明天我去你家看那個檯燈，順便看看還有沒有什麼東西可以給我收的，這個大碗公就折抵二十元。」

「這樣你不是吃大虧了？」婦人說。

「不會不會，就這麼說定了。」

「那就謝謝你們了。」

婦人帶著子母雞大碗公離開，繼續去做資源回收。

志翔忍不住誇獎爸爸：「你真是個大好人。」

夏若迪笑說：「你的故事感動人心，你才是貴人呢！」

「這麼說我是翔貴人嘍！」志翔調皮起來，演起清宮劇，右手一舉，蹲下來叫說：「皇上萬福金安。」

夏若迪往他後腦一拍：「免禮！」

「哈哈哈！」美華大笑。

「叮鈴——叮鈴——」這時美華的手機響起，她一看來電的名字，臉色嚴肅起來。「喂！表哥……什麼？你想跟夏志翔說話？」

「嗯……」志翔嘴角一笑，「該來的終於來了。」

第五話

炮彈鋼刀

「志翔，我表哥說要跟你講話。」美華把手機遞過來。

志翔突然跑到五公尺外，假意高聲說：「我現在在忙，客人好多，沒空跟他講話。你幫我問他要做什麼，我再找時間回他。」

美華一愣，隨即笑著說：「好。」然後如實向翁宏岳轉達這些話。

講完手機後，美華納悶的問：「你在玩什麼把戲？」

志翔不答，反問：「他回答了嗎？他要做什麼？」

「嘿！奇了！他竟然說喜歡聽你說故事，希望你再講個故事給他聽。」

美華開心的說，「看來，他開始把你當作朋友了。」

「什麼朋友？他們江湖兄弟，什麼人都能當朋友，誰也能變成敵人。」

「沒有喔！依我所知，我表哥以前有個很要好的朋友，幾乎和兄弟一樣親，結果那個人不知道什麼事背叛他，讓他非常生氣傷心，後來他就不交朋友了。所以，我聽得出來，他對你的態度，不一樣。」

「喔！有意思。」志翔看見新進的舊貨裡有個好東西，他低頭細想了一會兒，說：「有了。」

那是一把上面刻有「炮彈鋼刀」四個字的金門老菜刀，雖然從腐朽的木柄上看得出有年紀了，但是刀身的金屬鋼片依然磨出了鋒利的刃口。

志翔讀過金門的戰地史，一九五八年到一九七九年，中國大陸的共軍隔海與國軍進行炮戰，共軍密集從廈門發射炮彈攻擊金門，共約四十七萬四千多發，平均每平方公尺遭受四枚炮彈攻擊。戰爭結束後，到處都是爆炸後的炮彈廢鋼片，於是有人物盡其用，把這些堅硬無比的鋼片裁切錘鍊，打造成鋒利的菜刀，又稱「金門菜刀」。

志翔拿起手機替菜刀拍了照，然後說：「這一回我不『講』故事，我要『寫』故事。你先回去，等我寫好之後，請你幫我把照片和文章都寄給他看。」

「沒問題。我也好想先睹為快。」美華興奮期待，先行離開。

志翔坐上躺椅，再次翻閱那套《少年廚俠》，然後開始用手機打字。

◇ ◇ ◇

武林中最大的幫派，乃是最神祕的灶幫。灶幫的幫員都是廚師，個個身懷功夫，人稱廚俠。

林耀雄天生骨骼清奇，又生在廚俠世家，從小跟著父親林謹練武做菜，武藝和廚藝兼備，並以成為頂天立地的「廚俠」作為人生志願。

林謹是有名的總鋪師，功夫傳承自俗稱「總鋪師巢」的高雄內門，為了栽培兒子，在林耀雄當兵退伍後，督促他去臺北「蓬萊仙島臺菜餐廳」應徵廚師，向民灶派的老闆湯之鮮，學習首善之區最經典高深的臺菜料理。

那時的湯之鮮，已經當了幾年的灶幫幫主，武藝和廚藝都是武林至尊，許多人都來懇求拜師學藝。但他做人很有原則，訂下只收七個入室弟子的限制，又拒絕人情所託，一一考測功夫和廚藝，嚴格過濾挑選。

二十二歲的林耀雄來得太晚，無緣成為湯之鮮的正式弟子，但他的辦桌功夫受到肯定，因此入選為小廚，跟著其他廚師們工作以精進廚藝。

那年的「全球灶幫大會」在「小巨蛋」舉行，會後還辦了「武藝友誼賽」。

林耀雄為了增廣見聞，與人切磋，主動報名參加。

比賽中，他憑藉著不錯的功夫底子，一路過關斬將，晉級到決賽，因而結識了難纏的對手魏興。魏興二十五歲，是知名的「瀟湘煙雨湘菜館」少東家，使的是父親魏鼎辛所傳授，以「琴棋書畫詩酒花」命名的官灶派功夫。而林家所傳承的民灶派功夫，用「柴米油鹽醬醋茶」來命名，兩者恰恰一官一民，一雅一俗，形成強烈對比。

一開始，魏興施展琴掌七式中的春雷掌，將內力聚集在兩掌之上形成隱形的大手套，揮舞起來的掌風能發出「轟轟」的雷鳴，氣勢強大震懾人心。林耀雄鎮定心緒，用茶掌六式中的普洱掌一一格擋。普洱掌原是吸取普洱茶老練質樸的精神而取名，不硬碰硬，反而凝結收斂對手的強勢，再為己所用，這使得魏興頻頻遭受來自自身的反作用力而吃不消。

他改以松風掌去打林耀雄的腹部，林耀雄以大紅袍掌形成的氣牆阻擋，緊接著又以鐵觀音掌回擊。那有如千手觀音同時出手的千百掌影，叫魏興目眩神迷，驚愕不已。魏興急忙退避，收起掌風，使出把酒三肘式來轉移目標。果然林耀雄停止攻擊，伸出手臂來擋走輪番上陣的綠蟻肘、杜康肘和醍醐肘，並急忙往旁跳躍，避開那恐怖危險的肘法，保持安全距離。

兩人比鬥十數回合總分不出上下，最後是魏興靠著官灶派的吟詩三腿：七步成詩腿、詩情畫意腿和橫槊賦詩腿，連續掃蕩五個回合，才逼得林耀雄節節敗退，最後摔了個大筋斗而落敗。

林耀雄心悅誠服，甘拜下風；另一邊魏興也收起驕傲，抱拳說了聲：「承讓！」

真所謂不打不相識，英雄惜英雄，兩人成了好朋友，互相交換聯絡方式，從此常常在休假時，約在歷史博物館的荷花池邊，一起練功。

灶幫的功夫雖分有民灶派和官灶派兩大派別，但以身體部位來分，不外是掌、拳、肘、腿的拳腳功夫，兩人練來練去總覺得不夠過癮。

這天出乎林耀雄意料，魏興竟然帶來寶劍。「這是我爸收購來的古物鴛鴦劍，據說跟《紅樓夢》裡面柳湘蓮送給尤三姐的定情物，是一樣的東西。這把寶劍一劍二分，兩劍合一，咱們來練劍吧！」

「太棒了！」林耀雄驚喜又興奮，但不忘小心提醒：「我們點到為止，可別受傷。」

因為他親眼見過官灶派的前輩們，以「書畫二十六劍式」來比武，知道它更勝過他們民灶派的「米葉六劍」。

「唰——」寶劍出鞘，魏興改雙手握柄，果然分出鴛劍和鴦劍。

魏興執鴛劍，給林耀雄拿鴦劍，兩人高舉到頭頂劍劍相觸，接著一聲令下，「噹！噹！噹！」比鬥起來。

魏興用雨點皴式刺來，劍氣如急雨驟下，林耀雄忙用米葉六劍的火爆香米式奮力撥開。

魏興用雲頭皴式揮動，劍氣渾成一朵雲湧來，林耀雄忙用圓糯尖粽式將其切分，化整為零，忙得滿頭大汗。

魏興改用曹衣帶水描式，劍尖劃出一條條圓弧，並且恣意聚合，讓林耀雄抓不準方位。他只得斜揮鴦劍，用豐年割稻式去割破那已由線組成面的劍氣。

魏興又使出高古遊絲描式，劍尖翻飛成數十條蜘蛛絲，細而難辨，飄忽無蹤。林耀雄嚇壞了，連忙逃到五公尺外，張口結舌乾瞪眼。

魏興好得意，笑著繼續揮舞鴦劍，宛如大畫家運用山水皴法和人物描法，讓劍尖在空中龍飛鳳舞，驚蛟走蛇。

「太厲害了！」林耀雄想著自己米葉六劍的拙劣粗俗，不禁心生自卑。

魏興看出他的心情，收功之後刻意謙遜的說：「我雖然能把『書畫二十六劍式』舞得虎虎生風，但是練功二十年來，一直還無法打通『任督二脈』，因此空有招式，並無法發揮凌厲的攻勢。」

「你說的沒錯，我也是一樣。」林耀雄感嘆的說，「要打通『任督二脈』，需要依序在這兩脈的穴位上一一練氣，而且要一前一後對稱著練，過程非常漫長艱苦。聽我父親說，就算武功奇才每日勤練，最快也要三十年才能貫通。」

原來人體的胸腹中央有二十多個穴道排成垂直線，組成「任脈」，背脊另有二十多個穴道垂直排列，組成「督脈」。如果能練氣將兩脈貫通，相連成一個循環，是學武之人夢寐以求的上乘功力。

「我至少還要十年。」魏興有些氣餒的說。

「我大概還要十五年吧！沒關係，我會加緊努力，如果我先練成，會回頭幫助你的。」林耀雄很有義氣的說。

「你的功夫差我一大截！還是等我來幫你吧！」魏興自負的說。

「也是啦！哈哈哈！」林耀雄摸著後腦勺，不好意思的說。

「哈哈哈！」魏興笑了一陣，停下來又說，「聽我父親說，湯之鮮幫主擁有獨門密技，可以讓入室弟子在三週之內快速打通『任督二脈』。」

「真的嗎？」林耀雄從沒聽過，因而十分驚訝。

「唉！難怪大家擠破頭都想去當他的徒弟。可惜你只是他家的小廚子，我爸也不可能讓我拜他人為師，我們都無緣學到。」

魏興自恃功夫高人一等，常欺負揶揄林耀雄，林耀雄都不以為意，只想認真受教精進，殊不知這些事情竟然都被湯之鮮看在眼裡。

原來湯之鮮被林耀雄主動積極的精神所吸引，常偷偷跟隨到附近，坐在歷史博物館三樓的餐廳喝咖啡，隔窗遠眺兩人的動靜。

有一天兩人練功時，有個小男孩失足落水，魏興瞧見了趕緊告知林耀雄，林耀雄二話不說跳入池中搶救。看林耀雄奮不顧身的潛入汙水中尋人，魏興卻是圈起手掌大聲呼喊「有人落水」，等林耀雄抱起小男孩爬上岸，一旁的魏興忙指揮他：「快給他做人工呼吸。」最後總算把人救活了，只見一個滿身爛泥，一個乾乾淨淨，湯之鮮點點頭。

又有一次一個婦人遭逢搶劫包包，兩人同時聽見求救，也是林耀雄一馬當先，輕功過去逮住搶匪，魏興隨後趕來，把包包交還給婦人，婦人不明所以，頻頻向魏興鞠躬感謝。警察來時，魏興一把扭住搶匪的另一手，嘰嘰喳喳的說個不停，眉飛色舞的邀功。湯之鮮嘆口氣，搖搖頭。

這天深夜，湯之鮮悄悄的去到員工宿舍，敲林耀雄的房門。

林耀雄睡夢中被吵醒，打開房門，只見老闆站在門口，遞給他一把菜刀。

他揉揉惺忪睡眼，久久才看出刀身上「炮彈鋼刀」四個字。「這……」

「噓！」湯之鮮阻止他發問，只輕聲說：「這是金門特產的炮彈鋼刀，俗稱『金門菜刀』，送給你。打通『任督二脈』的捷徑就藏在這裡頭，你自己去參悟。」

「啊！這……」林耀雄喜出望外，卻一時語塞。

「至於能不能領悟，就看你的造化了。」湯之鮮又說：「我要你發誓，今夜之事是你我二人間永遠的祕密。」

林耀雄吞口水點點頭，細思後高舉右手，嚴肅的說：「皇天在上，后土在下，我林耀雄對灶幫列祖列宗起誓，絕口不提湯幫主送我打通『任督二脈』密技一事，如違背誓言，願遭五雷轟頂，挫骨揚灰之惡報。」

湯之鮮微笑點頭，默默離開。

林耀雄進屋後開了燈，拿起菜刀，盯著亮晃晃的刀刃，開始苦惱。這裡頭藏了什麼密技？是不是用這把菜刀切菜，就能悟出道理？湯幫主為什麼要對我這麼好？

這一夜，他澈底失眠。

隔天開始他用這把菜刀切菜，「咄！咄！咄！」高麗菜和胡瓜切絲，青椒和白蘿蔔切片，芋頭和小黃瓜切丁……還幫忙其他小廚，把他們該切的菜都攬來切了。

「哇！林耀雄，樂於工作又積極，讚！」胖大廚忍不住誇獎他。

但一個多月過去，什麼心得也沒有。

他改而查詢金門菜刀的來歷。網路上的資料顯示，原來那是八二三炮戰時，中共從廈門發射到金門的炮彈，由於鋼材堅硬，後來被人拿來做成銳利的菜刀。從此武器變廚具，戰爭變和平。

這是要提醒人們什麼嗎？是不是叫我收斂好勇鬥狠的心？化干戈為玉帛？但我自認不是那種個性啊。他看著「金門菜刀」四字，陷入遐想。

既然要打通「任督二脈」，牽涉到將近五十個穴道，那麼，是不是跟炮、彈、鋼、刀，四個字有關的穴道呢？

他上網查詢，發現全身上下，並沒有含這四個字的穴道名稱。

難道會是「金門」兩字跟穴道名稱有關嗎？他又查資料，並沒有「金門穴」，但有個「門金穴」。他找出該穴的位置，把氣運到那兒，卻絲毫沒有感覺。

或者是跟帶「金」字和「門」字的穴道有關？他又上網查到分金穴、合金穴、內金穴等有金字的穴道。而有門字的穴道是郄門穴、命門穴、章門穴、期門穴和衝門穴。他一一把氣運到這些穴道上，靜待反應，結果仍體會不出什麼特殊的感覺。

他重讀八二三炮戰的資料。嗯，炮彈從廈門打到金門，從廈門打到金門……難道是從有門字的穴道，把氣運到另一個有門字的穴道？

他提出假設，並且一組一組的去做測試：從郄門穴運氣到命門穴，從命門穴運氣到章門穴……最後仍告失敗。不過在命門穴運氣時，隱隱有種不同的感覺，那是什麼意思呢？他不禁焦躁起來。決定先暫時擱下，不去想它。

幾天之後，他在下班後放鬆了，忽然靈光一閃：「對了，資料上說『金廈本是一體』，這會不會是……」

他重新查閱穴道資料，忽然有了重大發現，不禁大叫：「天哪！居然真的有……難道會是這樣？」

他急忙測試一番，忽然背脊的督脈慢慢的被灌滿真氣，並且兵分兩路，往上與往下分別溢出。

他驚喜不已，鎮定下來勤練，果然在三週之後，上行之氣衝過了頭頂的百會穴，下行的真氣竄過了下體的會陰穴，而與胸前的任脈成功交接，練成一個大循環，並暢通無礙。他真的超速打通了「任督二脈」。

從此，他功夫升級三倍，輕功升級五倍，無論拳腳功夫和劍法，樣樣比鬥都贏過魏興。以前自慚形穢的米葉六劍，如今招招都讓魏興傻眼，無法招架，林耀雄好驚喜，魏興卻是無法接受。

「你發生了什麼事？」魏興有如鬥敗的公雞，萬分不甘心，於是逼問林耀雄。「為什麼功力大增？難道你以前的糗樣都是裝出來的？」

林耀雄礙於誓言，無法解釋，只說：「我也不知道，可能是我勤加練習，才發現原來民灶派的功夫並不輸給官灶派。」

「不可能！」魏興極力否認，又嫉妒不已，然後滿臉怒氣的走開。

林耀雄心中落寞，他檢討自己不該使上全力，而是應該隱藏真功夫，如此才能維持友誼。

他回去後做好了準備，要像以前那樣敗給魏興，然而隔天魏興卻拒絕和他一同練武，接下來的幾天仍然一樣。

一個星期後，上班時，胖大廚突然對他怒目大吼：「你切這些小黃瓜能看嗎？歪七扭八的。」

「有嗎？」他驚愕的看著剛切好的成品，心想：「這不是跟平常一樣的形狀和大小嗎？」

「愣在那邊幹什麼？」胖大廚又對他大叫：「還不快來洗盤子。」

「洗盤子？那不是我的工作啊！」他揚起眉毛，傻傻的望著胖大廚，卻換來另一頓痛罵：「看什麼看？你這懶惰鬼，總是摸魚，前面急著要上菜沒盤子可用，你還懷疑？」

他也只好摸摸鼻子去洗了。

怪了？為什麼胖大廚開始對我挑三撿四，派給我額外的工作，還常找機會辱罵我？大家看在眼裡，不敢說什麼，林耀雄更不敢問了。湯之鮮冷眼看著，沒有介入，林耀雄只得把委屈的淚水往肚裡吞。

直到有一天夜裡，他在三樓宿舍的窗邊望著星空想家人，眼淚撲簌簌掉下來，忽然不經意看見附近暗巷中，出現了熟悉的身影。

「咦？是他嗎？他是來找我的嗎？」定睛一看，那個人影真的是魏興。「怎麼不先聯絡我呢？」

仔細再看，魏興的面前站著一個人，那個人竟然是胖大廚。

「不是來找我的。」林耀雄好生疑惑，「魏興找胖大廚做什麼？」

他好奇的施展輕功跳下樓去，躲在牆角，偷聽他們的對話。

「這是你最近的酬勞，」魏興說，「這一包藥你想辦法給他吃了。」

「這是什麼東西？」胖大廚問。

「別擔心，不會傷害他的性命，只是讓他不知不覺慢慢失去內力而已。林耀雄這小子竟敢隱藏實力耍我，現在對我耀武揚威，冷嘲熱諷，你要好好幫我出氣。」

「太可惡了，竟敢欺負我們湘菜名店的少東，真是有眼無珠，不自量力……」

「好，別說了，就照我的話去做。」

胖大廚遲疑了一會兒，然後回說：「這樣好了，我倒過來對他好，說最近對他太凶了，要向他賠罪，做一道蒜頭雞湯給他補補身子，到時在湯裡放這個。」

「很好，我要他真的失去實力。」

「啊！」林耀雄感覺內心被重重撞擊，支離破碎。

他傷心極了。依他以前的個性，被人誤解時一定會極力澄清解釋，但這是被人惡意抹黑呀！他胸中又生出一股怒氣，如果做不成朋友，不來往就好，何必陷害我呢？如果要害我，叫胖大廚霸凌我就算了，又何必損害我的功力呢？為什麼見不得我好？

他有一股衝動想衝出去把兩人大打一頓，憑他現在的功夫，就算二人聯手抵抗，也都不是他的對手。可是這有什麼意思呢？失去友誼，就像被人搶走了珍寶，十分難過痛苦，可是把寶物奪回來摔碎，就能換得快樂嗎？那股氣焰很快消散，他只感到四肢無力，內心空虛。

他茫然的回到屋內，完全無法入眠。

那一夜的更深夜，他似乎想通了什麼。

他穿上黑衣，用黑布蒙面，帶上那把「金門菜刀」，偷偷溜出宿舍。他輕功奔馳，半小時後，來到「瀟湘煙雨湘菜館」旁，然後從樓上的窗戶躍進室內。

他躡手躡腳的一一尋找，終於在十六樓找到魏興的房間，把他搖醒。

「是誰？」魏興發現有陌生人闖入，馬上要起身發動攻擊。

但他很快被黑衣人點穴制伏，無法動彈，也發不出聲，並且被扛著越出窗戶，落到一樓的無人巷中。

「啊！好厲害的輕功，」魏興心中暗驚，「這人的功力一點都不輸給灶幫幫主呀！難道是我指使胖大廚的事，被湯幫主發現了？」

黑衣人為他解開穴道，並從背後拿出一樣東西。

魏興疑惑的看過去，路燈照耀下，他看到一把菜刀，即刻感受到生命遭受威脅。黑衣人把菜刀拿到他的鼻尖前，陰森的刀光在刀刃上游動，魏興驚駭不已，想要呼救，然而他才剛被解開了穴道，血流尚未暢通，手腳還麻木，聲帶還遲鈍，發不了聲，他只能驚恐的瞪大眼睛，認命等死了。

但出乎意料之外，黑衣人並沒有殺他，而是用另一隻手倏的拉下蒙面的黑布。

「啊！林耀雄……」那瞬間，魏興因訝異而使勁吶喊，終於吼出聲。

「你可能忘了，但我記得非常清楚，我說過『如果我先練成，會回頭幫助你的。』我現在來實現當初的承諾了。有關快速打通『任督二脈』的祕密就在這把菜刀上面，你自己參悟吧。至於我們的友誼……」

林耀雄把那塊蒙面的布一角咬在嘴裡，左手拉住另一角用力扯緊，菜刀從中間將布一切為二，接著奮力把菜刀往地上一甩，「鏗鏘！」落在魏興腳跟前，嚇得他抖了一下。

林耀雄轉身，一躍十米，揚長而去。

隔天，林耀雄前往拜謝湯幫主，並辭掉工作。

他離開臺北，也沒回高雄老家，而是到臺中清水區白手起家，經營一間餐廳。後來漸漸打出名號，又結識了陳淑美，在清水結婚定居，生下兒子林志達。

每年的「全球灶幫大會」，林耀雄和魏興依舊都會出席，但兩人形同陌路。林耀雄光明磊落，只當他是空氣，魏興卻會刻意閃躲，以免尷尬。

後來林耀雄在兒子五歲時意外車禍身亡，這件祕密便隨著林耀雄長眠於九泉之下，所以他老婆陳淑美也毫無所知。

◇ ◇ ◇

志翔把故事寫完後，連同「炮彈鋼刀」的照片一起寄給美華。

隔天美華來找志翔，問說：「我表哥在問到底是什麼穴到什麼穴？」

「什麼意思？」志翔明知故問。

「金門菜刀的祕密啊！」美華也十足好奇的神情。

志翔笑而不答。

「我表哥說這樣託人傳話很累，他想加你的LINE。」

「好。」

美華居中協助兩人交換帳號，互加朋友，連上了線。

「鈴——鈴——」翁宏岳隨即打來電話，急切的想知道答案，志翔卻故意將它切斷。

「你這是？」美華不明所以。

「別急，慢慢來。我把解答錄成音檔，再傳給他聽。」於是志翔開始錄音：

「林耀雄看見資料上寫著『金廈本是一體』，心想兩地都是門，似乎暗示著要將真氣從某個有門字的穴道，運到另一個有門字的穴道。可是金門有兩個島，一個是大金門，一個是小金門，需要細分出來嗎？感覺非常複雜。

「再看『金廈一體』，後面的解說文字：金門和廈門雖然隔著淺淺的海灣，但自古就有如生命共同體，互相依存。他又想，測試了好久，只有命門穴有比較特別的感覺，難道是把真氣從這個穴道運出去，最後再回來原本的這個穴道嗎？好奇怪呀！

「他想探索更多資訊以供參考。不久，他發現人的身體不只有一個命門穴，而是有三個命門穴，一大兩小。大的是督脈腰椎上，相對於肚臍高度的地方有個命門穴，小的是雙手小指中段處，也各有一個命門穴，是為兩個小穴位。換句話說，大命門穴暗指廈門，而兩個小指的命門穴，就是大金門和小金門。

「他又想，八二三炮戰時，炮彈由廈門射到兩個金門，如果對應到人體，那就是把氣從腰椎督脈的命門穴，運到兩個小指的命門穴。他試了之後，意外驚喜，因為兩個小命門穴居然會傳回更強的真氣，匯聚回督脈的命門穴。如此真氣一去兩回，在督脈的命門穴上越聚越豐厚，進而往上下溢出，貫通督脈，再與前面的任脈相通。

「可惜魏興始終沒有悟出密技，他只用慣常而平庸的方法練氣，終於在十三年之後，才打通了自己的『任督二脈』。」

志翔錄完後把音檔傳了過去，不久手機上顯示出傳來的訊息。

翁宏岳：湯之鮮怎麼會知道這個密技？

夏志翔：因為他當年曾在金門當兵，親身參與了八二三炮戰，他被困在炮彈炸毀的碉堡中，缺水缺食物，只能練氣來維持生命。炮戰給了他靈感，就這麼剛好，當時的局勢完全符合三個命門穴的特殊運行機制。

翁宏岳：難道炮彈鋼刀也是他發明的？

夏志翔：當然不是。那本來就是戰爭的特殊紀念品，湯之鮮不過是把密技隱藏在其中。

翁宏岳：你怎麼知道這些？我看都是你瞎掰的。

夏志翔：雖然這件事沒有寫在《少年廚俠》中，但我就是能讀出來。

翁宏岳：你的意思是，這故事是你從這套書得來的靈感？

志翔停下來，拍下這套書的照片，傳給翁宏岳。

翁宏岳：笨蛋魏興！林耀雄也呆，魏興不仁不義，林耀雄何必對他有情有義？

夏志翔：每個人都有自己要學習的人生課題，魏興無情無義是他家的事。林耀雄不受魏興影響，保有俠義的情操，難怪他後來成為人人景仰的大廚俠。

翁宏岳：我對這套書很好奇，你能借我嗎？

夏志翔：不能。

翁宏岳：為什麼？

夏志翔：因為我要送你。

翁宏岳：啊！為什麼？

夏志翔：我已經讀完了，而且熟記所有的情節。

志翔關了手機，把整套書交給美華，「請幫我把書拿去送給翁宏岳。」

「又要我當中間人。」美華故意裝出不耐煩的樣子。

「好人做到底，送佛送上天。我保證，這是最後一次要你當中間人了。」

「好吧！」美華捧過套書，調皮的眨眨眼睛。

第六話

竹編小畚箕

美華走了，志翔欣賞其他新進的貨物，發現一個青石刻的紙鎮，上面有一顆齜牙咧嘴的猛獸頭，感到很有趣，便拿起來欣賞。

沒想到美華回去才一個多小時，竟然又跑回來。

「救命啊！志翔。」

「發生什麼事了？」志翔驚訝又擔憂的問：「你把書給他，他生氣了嗎？」

「不是啦！我晚上才會拿書給他，書現在先放在我爸的攤位那兒。」

美華吞吞口水，吸口氣說：「是我家攤位有一個竹子編成的小畚箕，編得很漂亮，表面還因長期觸摸而呈現出古樸的光澤。有個客人王媽媽看了愛不釋手，卻遲遲不掏錢買。」

「嫌太貴嗎？」

「我爸也這樣猜，就主動給她打八折。沒想到王媽媽卻說：『不是錢的問題，而是現在的人打掃都用吸塵器，幾乎不用畚箕了，我不知道買這回去有什麼用途。雖然它很好看，可是光擺著當裝飾品，又覺得很可惜。』因此我爸想請你幫忙想想，這畚箕還能用來做什麼？」

「什麼畚箕？聽你這麼說，我真好奇。」

志翔說著放下了青石紙鎮，然後兩人往盧家的攤位走去。

一到攤位，只有盧彥勛一人在那兒，看到志翔熱情的招呼：「唉呀！救兵來了，天才銷售員趕快幫我看看啊！除了當打掃工具，這畚箕還能做什麼用呢？」

志翔把小畚箕拿在手上把玩，想了一會兒說：「盧伯伯，你可以請客人過來嗎？我想當面跟她聊聊。」

「太好了，她說要去附近的超級市場買菜，應該還沒回家。我來聯絡她。」

盧彥勛急忙撥打手機，「喂！王太太，我是舊貨攤的盧彥勛，你可以來我的攤位嗎？有個小朋友想跟你聊聊。」

不到半小時王太太就到了，是一位雍容華貴，又笑容可掬的婦人。

「盧老闆，你終於想到了，是嗎？」

「不是，是他找你，夏志翔小弟弟。」盧彥勛說。

「王太太你好。」志翔打完招呼，直接就問：「請問你會插花嗎？」

「我不會。」婦人搖頭。

「喜歡種花嗎？」

「沒有。」婦人說，「我平常很忙，假日當志工，沒時間照顧花花草草。」

「可惜，要不然把這個小畚箕掛在牆上，裡面種上蘭花或多肉植物，會很好看的。」志翔說完想了一下，又問：「請問你是本地人嗎？」

「不是，我的娘家在臺中。」

志翔一聽，低聲問美華：「我記得你爸說過，你表哥小時候曾經給他阿嬤帶過好幾年，對不對？」

「是啊！」美華點頭。

「等等可以請你用手機幫我錄音嗎？」志翔對美華說。

「沒問題。」美華即刻拿出手機，打開錄音軟體。

志翔開心的說：「王太太，這個小畚箕有個故事，你想不想聽聽看？」

王太太說：「哈！太棒了，我是社區圖書館的故事媽媽，我愛講故事，更愛聽故事。這個小畚箕的背後居然有故事，真是出乎我意料之外呀！」

志翔笑瞇瞇，一手托著畚箕，一手在裡面蹭著圈圈，說：「這個竹編小畚箕，是這樣用的……」

◇ ◇ ◇

「我們人啊！來到這人世間的目的就是要吃苦的，這一世多吃一點苦，以後可以早日脫離輪迴，解脫得道。」

這是吳明益小時候阿嬤哄他吃麻芋羹時，最常說的一段話。他知道那是老人家為了不那麼抗拒苦味而說的，而他又自以為聰明的認為，那是她不知看了什麼宗教節目，面對自己一生勞碌的自我安慰……

車子一下南屯交流道，他便急切的貼著車窗，搜尋占據記憶的濃密綠意。記憶中，麻芋的嫩葉，網狀鋸齒邊的互生葉，在烈日下閃動青綠的光澤。記憶中，那濃密的綠意裡總是透出特殊的苦味，和微微的甘甜。

可惜，他失望了。時序進入秋末，零星夾在建築物中間的稻作都已收割，乾枯的田地裡只剩焦黑的稻桿，更不用說冷風一起葉子就會乾枯的甜麻，是完全不見蹤跡了。在高樓大廈蠶食鯨吞下，田地竟消失了那麼多，他很憂心阿嬤以前耕種的那一小塊田，不知還在不在。多年前在大度山幫阿嬤撿骨，就聽說那塊田地又換了主人，那主人不會是建商吧？

十二年前阿嬤過世之後，爸爸就把他接回臺北，也把那塊地和祖厝都賣掉了。是啊！那都已經是別人的財產了，跟他一點瓜葛也沒有，他擔心個什麼勁呢？可是，那是他生長了十年的土地，有他和阿嬤相依為命的難忘回憶，他心中總不由自主的牽掛著。

還記得那一年他才五歲，爸媽離婚，他的監護權歸爸爸所有，爸爸單身一人，無法兼顧工作和育兒，只好將他託給臺中的阿嬤照顧。

離開親愛的爸媽、臺北熟悉的公寓和小小的幼稚園，他驚慌失措，哭鬧不已。還記得阿嬤見到他時，說的第一句話是：「唉！可憐喔！明明是有父有母的孩子，現在卻像是沒父沒母的孤兒。」

阿嬤的家真可怕，磚造的矮房子陰陰暗暗的，沒有冷氣，只有電扇，夏天好熱好熱，夜裡悄悄爬出的蟑螂和壁虎像鬼魅，常常嚇得他驚叫失聲，半夜惡夢連連。阿嬤心疼，帶他去收驚喝符水，一邊不好意思的苦笑說：「唉！這孩子住在臺北享受久了，變成都市俗嘍！」

是啊！他真是個都市俗，連水田裡的稻子都不認識，而阿嬤田裡種的蔬菜，他一棵也都叫不出名字。在犁頭店市場阿嬤的菜攤上，她耐心的教他：「菜頭白白好吃過番麥，番麥硬硬好吃過龍眼。吃菜頭好彩頭，吃芹菜嫁著好翁婿，吃金瓜目睭攏未花，吃麻芋身體健康無地比……」押韻的句子像歌謠，他興味盎然的學著。

隔壁賣雞鴨魚肉的叔叔阿姨們看他可愛，常常過來逗他玩，他覺得自己像是什麼重要的人物，愉快的享受著尊寵。可是他也常常聽到他們對阿嬤搖頭嘆氣說：「唉！你一個老大人，還要帶一個小孩，真是艱苦啊！」而阿嬤總是揮揮手，笑說：「擱艱苦，日子還是要過，有這孩子陪我，我顛倒比較不會無伴，生活嘛比較快樂啊！」

那個市場有好多家打鐵鋪，每天都傳來鏗鏗鏘鏘的打鐵聲，加上人來人往，十分吵雜。相較於那裡，他比較喜歡跟阿嬤到田裡玩。那兒好寬闊，抬頭就是藍天白雲，低頭盡是青翠的田地，是臺北看不到的陽光景象。那通常是傍晚時分，阿嬤收了攤，做晚飯前，到田裡澆水、除草、施肥。一開始他呆呆的看著阿嬤，望著燦爛的夕陽和滿天的雲彩，不知道自已該幹什麼。但等他熟悉了壁虎和蟑螂，不再畏懼之後，他發現田裡有許多寶貝：散步的白鷺鷥，跳水的綠青蛙、扭動的紅蚯蚓、鑽洞的黑蟋蟀，還有滿天飛翔，數也數不盡的橙色蜻蜓。光是捕抓牠們，或是驅趕牠們，就已經是很有趣的遊戲了。

炎熱的夏天，阿嬤會利用煮飯的空檔，摘取甜麻的嫩葉放在竹編的小畚箕上揉洗，然後配上番薯和一小撮吻仔魚煮成麻芋羹。阿嬤說，麻芋羹營養好，又退火，在夏天多吃幾碗，可以止飢又可以消暑。

還記得第一次喝麻芋羹時，意想不到的苦味使他皺著眉吐出來。在他的喜惡中，那是和苦瓜一般不受歡迎的東西，就像他從來沒有給苦瓜好臉色看，他緊閉著嘴，不肯喝下第二口。

他的強烈反應，阿嬤似乎早有心理準備，她一點都不生氣，只是用湯匙舀起濃綠的湯汁，亮出沉浮其中的白色吻仔魚和番薯塊，輕柔的說：

「乖孫啊！你看這幾隻魚仔多可愛啊！這綠綠苦苦的麻荖是阿嬤，黃黃甜甜的番薯是你，阿嬤用太白粉將我們緊緊的牽連在一起。你看，這些魚仔就在阿嬤和你之間游來游去，游來游去，多麼可愛啊！來，你將它喝下去，讓小魚在你肚子裡游來游去，然後你就會快快長大。」

「嘻！」

他不懂為什麼阿嬤是麻荖，他是番薯，但是他讓阿嬤煞有其事的口吻和神情，還有小魚游來游去的想像逗笑了。他願意吃下第二口、第三口、第四口……。而就在他吃第三口的同時，他聽見她說：「我們人啊！來到這人世間的目的就是要吃苦的，不要怕吃苦，這一世多吃一點苦，以後可以早日脫離輪迴，解脫得道。」

「嗯！」他微笑點頭，雖然內心完全不懂其中的含意。

鄰居年齡相仿的小孩兒是他的好玩伴，他們教他灌蟋蟀、挖蚯蚓、釣青蛙，還拿他們家的小畚箕假扮獅頭，玩起舞獅的遊戲。他開始覺得好玩，而不再那麼思念臺北了。

常常他在大太陽下玩耍，滿身大汗，氣喘吁吁，回到家想找什麼解渴，阿嬤從冰箱中端出來的，便是那鍋前晚喝剩的麻荖羹。他搖頭，想喝汽水、果汁、冬瓜茶，可是阿嬤說飲料會害人蛀牙，還是麻荖羹最好，解渴、消暑又有營養。他別無選擇，只好勉強吞下那微苦微甘的綠汁。

久了之後，他習慣這滋味，如果冰箱中沒有了，他竟還會主動叫阿嬤煮給他吃。甚至有幾次，他在一旁扶著小畚箕幫忙阿嬤攪拌，撈除泡沫，放進超出比例的番薯和小魚，逗得阿嬤笑他浪費。可惜，這彷彿上天賜予人們對付酷暑的解藥，只有在夏天才吃得到。阿嬤的田裡，從清明過後開始種甜麻，一個半月採收一回，到了十月，冷涼的秋風一吹起，阿嬤就不再播種了，改種適合冬天生長的高麗菜和大白菜。

兩年後，他上了國小，發現身邊有許多同學住在高樓大廈，才知道，犁頭店位在市區的邊陲，是都會人眼中的鄉下。學校裡，老師教唱〈兩隻老虎〉、〈捕魚歌〉、〈紫竹調〉，他開始覺得阿嬤教他的〈天黑黑〉、〈白鷺鷥〉、〈草螟仔弄雞公〉好土。而假日裡跟著阿嬤在市場賣菜，遇見同學和他們的媽媽，也會讓他感到難為情。

同學們訂了合作社的牛奶，天天送到教室裡，他心中羨慕，要求阿嬤給他訂，阿嬤卻為難的說：「一天十塊錢，一個月要兩百塊，太貴了，阿嬤一天也賺不到那麼多錢，買不起啊！不過沒關係，我帶你去買米麩來泡，比牛奶好喝，一包可以喝上半個月。」

於是，她牽著嘟起嘴的他，在一家打鐵鋪旁的米店，買了一包幾十元的米麩，他不甘心，哭了。阿嬤又買爆米香給他吃，有了香甜的補償，他才破涕為笑。

等他的年紀長到開始懂得注重外表時，還要求阿嬤比照同學的名牌服飾，帶他去百貨公司買新衣。阿嬤拗不過他，帶他搭公車到火車站，在第一廣場和遠東百貨繞了好久。每看一件衣服，阿嬤就咂舌搖頭，拉他離開，最後多走了好多路，終於在中華路夜市買了兩件便宜的地攤貨。他疲憊不耐煩，更有憤恨受騙的感覺，氣得心中發誓，將來長大一定要自己打工賺錢，隨意花用。

說阿嬤吝嗇，似乎又不是那麼回事。十二歲那一年，她帶他去萬和宮拜媽祖，安太歲，點光明燈，加上香燭水果，花了一千多元。他真的不知道她的腦子裡想什麼，就像他總是搞不懂她老是哄他吃麻芋羹，不願他喝汽水、可樂、紅茶，而掛在牆上的小畚箕，常常是溼淋淋的。

等他上了中學，略略體會人世的複雜，才從阿嬤和爸爸的對話中知道阿嬤的辛酸。原來早逝的阿公，生前在外面養女人，家裡的花用全是阿嬤種菜賣菜辛苦得來的。她好不容易養大了爸爸和叔叔，叔叔卻在吳明益出生之前車禍喪生了。爸爸離婚時付了大筆的贍養費，後來經商失敗又賠了不少錢，阿嬤也都一點一點的幫忙還著。還有她長年彎腰種作，傷到坐骨神經，常常引發大腿痠麻脹痛，必須打止痛針才能舒服幾天。

這些苦難，阿嬤從沒對他提起。他恍然憶起那一趟百貨公司之旅，難怪她東挑西撿不捨花錢，難怪她常常皺著眉心，停下腳步揉揉大腿和膝蓋。他開始自責，並且主動扛起田裡的工作。

看他懂事了，阿嬤很高興，可是來不及為她多做些事，止痛藥已經深深的傷了她的肝腎，讓她先一步離開人間。

阿嬤過世之後，爸爸帶他到臺北讀完中學，後來他到高雄讀大學，在新竹讀研究所，到臺南當預官，南來北往的，可他心中常常惦記著的風景，卻是臺中犁頭店的那一片麻園。

正因為如此，他婉拒竹科同學的邀約，謝絕爸爸新家庭的慰留，決定到中科找工作。他以這個城市年輕，深具發展潛力為由說服了他們，其實心中懷想的是要定居在阿嬤的故鄉，好彌補些什麼。

老厝和那一塊田還在嗎？車子轉入犁頭店，老街的打鐵鋪還剩一間，米麩店也不變，而萬和宮似乎整修過，比以前更炫麗了，那表示人們還念舊，他胸中鼓起一些信心。

繞過一個彎，他找到老厝的位置，卻已經翻起一座高樓，屋中人影幢幢，他心中無限感慨。還好，老田還在，菜畦上種了白菜和甘藍，只是附近的新樓房逼近眼前，他嘆息這一塊地不知還能翠綠多久？

繞回市場，搜尋足以與記憶重疊的影像，可是十二年了，人事全非，那市場看似熟悉，實則陌生。

他找了一家菜攤，故意提起麻芋，人家笑說：「一個月前就斷貨了。

想吃等明年夏天吧！不過最近農會推廣股把麻芋乾燥磨成粉，用來做糕餅，你可以買來吃看看。」

他十分嘆服於推廣人員的用心，於是按著指引來到一家糕餅店，買到了綠色的麻芋蛋糕，興奮的模樣如獲至寶。可惜，他又失望了。蛋糕鬆軟卻沒有羹湯的水潤口感，為了迎合大眾口味，幾乎去除了所有的苦味，跟阿嬤的麻芋羹天差地別。

這幾天，他在附近租了房子，也到中科應徵，找到合意的工作。得空時，他仍不死心到處打聽麻芋的蹤跡，終於，在市農會問到了。一個種甜麻的老阿伯收了最後一批麻芋，冷藏了五、六天，留著自己吃。他趕緊找到他家，買到夢寐以求的綠意。

他心中狂喜，買了電磁爐、鍋子、竹畚箕、番薯、吻仔魚、太白粉和調味料，準備為他的新家舉行起灶大典。

他回想兒時情景，耐心的學阿嬤挑揀嫩葉，摘除葉脈，揉洗苦汁。接著，在鍋中先煮番薯，再放入麻芋，不停的攪拌，以免鍋底燒焦，又撈除那不斷生出的泡沫。他連番薯和小魚的分量都仿照阿嬤的做法，就怕失去那熟悉的味道。

終於，麻芋羹煮好了。他趕緊將連鍋端起放進冷水中冷卻，免得麻芋過熟轉黑。不等它冷透，他迫不及待的舀了一大碗，莊重虔敬的喝上一口。

「嗚！」一股濃烈而錐心的苦味驟然扭曲了他的五官，他含在口中，不知該吐出還是該吞下。

怎麼這麼苦？不像阿嬤煮的微苦微甘，香滑順口。

他檢討每一個步驟，似乎沒有任何差錯。

可是忽然間，一個畫面映進他的腦海，那是阿嬤蹲在地上，在水管下費勁揉洗，粗皺的皮膚，腫節的手指，還有因喘息而顫動的身影。

想來是阿嬤嘴裡常常勸他多吃苦，心裡卻又捨不得讓他吃得太苦，因此一次又一次，不厭其煩的洗去多餘的苦汁，而他卻是遲到今日才體會到這份愛心。

他慚愧的嚥下那一口濃苦的羹湯，心疼的溼了眼眶。

◇ ◇ ◇

王太太把小畚箕捧在懷裡，感動的說：「這是我聽過最好聽的故事了。」

說完馬上掏錢買下。

盧彥勛問：「不好意思，我孤陋寡聞，說來說去，這麻芛羹是什麼東西啊？我怎麼沒聽過呢？」

王太太說：「那是臺中南屯地區的特產小吃，夏天時當點心吃，苦苦的，可以退肝火預防中暑，我小時候吃了不少。去年暑假我帶孩子回娘家，傳統市場還有人在賣呢！」

盧彥勛問志翔：「你怎麼會知道麻荖這東西？你吃過嗎？」

志翔笑說：「我沒吃過，我是在書上看到的。」

「哪一本書？」美華好奇。

「《走讀大臺中》，裡面詳細介紹了大臺中各區的地理、歷史、特產、典故等等。」志翔答，「我對麻荖羹感到很好奇，不知道是什麼滋味？」

王太太說：「這樣好了，今年暑假我回娘家時，買一包回來請你們吃。」

「真的？」志翔好開心。「謝謝王太太。」

「我還以為你買這個小畚箕，是想自己做來吃呢。既然不自己做的話，這個小畚箕就沒用處了。」盧彥勛惋惜的說。

王太太說：「喔，不！這個故事很感人，我打算拿這個小畚箕給孩子看，順便跟他們講這個祖孫情的故事，也向他們介紹臺中的特產。」

「原來如此。」盧彥勛感嘆的說：「社會變遷，現在很多孩子都是祖父母帶大的呀！」

「是啊！」王太太點點頭，然後轉身對志翔說：「你講的故事好好聽，可不可以邀請你，下個年度到圖書館講故事給小朋友聽呢？」

「沒問題。」志翔慷慨答應，「騙小孩，那可是我的專長喔！」

美華興奮的嚷說：「志翔講故事，我也要去聽。」

「哈哈！」盧彥勛聳聳肩，故作無奈。「看吧！我家的小孩，已經被騙得團團轉了。」

志翔轉頭對美華說：「你今天晚上拿書給宏岳時，順便放剛才的錄音檔給他聽。」

「我早就知道了。」美華笑著，很有默契的說。

第七話

青石獸首紙鎮

第二天，志翔找了一個空閒的時間，主動打電話給翁宏岳。

手機響了幾秒鐘後，另一頭傳來：「夏志翔，你竟然敢打來？」

「哈！」志翔用不在乎的口氣說：「你應該說，夏志翔，你竟然『肯』打來。」

「你這小子真跩，會講故事有什麼好跩的？」

「我再怎麼跩，也沒有你跩，宏岳老大。」

雖然對話的內容不客氣，但雙方都感受到一種屬於老朋友在開玩笑的親切感。

「怎麼？找我這老大有什麼事嗎？別問我書看得怎麼樣，我昨晚才拿到，還沒時間讀。」

「跟那套書無關，而是我想出一個鬼故事，跟一個舊貨有關，你要不要聽聽看。」

「鬼故事，太好了，我喜歡聽鬼故事，越恐怖越好。」

「那好，我先把那個青石獸首紙鎮拍照，寄給你看。」

志翔拍好傳出後，又跟宏岳通話：「你要有心理準備，我要講了。」

「我看到了，很酷的猛獸，好刺激！快快快！」手機的那頭，宏岳已經洗耳恭聽。

◇◇◇

這條綠色隧道是省道的分支，位在嘉義縣朴子溪的河堤邊，由上百棵百年芒果樹夾道而成，蓊蓊鬱鬱蜿蜒一公里多，景色非常優美。然而，傳說最大的彎道那兒常常出現奇怪的黑影，伴隨著悲戚的哭泣聲，讓路過的人毛骨悚然。

兩年前附近村子有頑童跑去那兒玩耍，結果突然翻白眼，吐白沫，全身抽搐，被家人送去收驚。道士請神明降乩，一查問，說是三魂丟了一條，七魄少了三個，都被妖魔抓走了。道士忙唸「收魂經」，畫「攝魄符」，給他嘴裡灌了大量的符水，孩子才漸漸轉醒。

村民央求道士前去收妖除害，只見他往大彎道方向望了半晌，回身凝眉搖頭，無力的說：「那可是一隻恐怖的妖怪，你們還是躲遠一點就好，不然要出人命的。」

「對對對！我記得四、五年前那兒發生過死亡車禍。」一個村民提醒大家。

「啊！」眾人一哄，個個點頭拍胸，交頭接耳議論起來。

從此村民都不敢再走那條路，如果需要穿越兩頭的路口，也是儘量繞遠路。那兒甚至成了對話的禁忌，大家儘量不談，彷彿光是「多說一句」都會遭殃。

不過外地人不知道這些，常有人受到美景吸引來這兒觀光。就像阿俊和小智騎著腳踏車遠從中壢出發，兩天後抵達了綠色隧道和省道交接的路口……

這兩天，阿俊一路上提醒小智要儘量騎慢一點，因為他不想「太早」回家。

他們沿著省道南下，計劃逆時針方向環島一周。正值暑假，頂著炎夏的大太陽著實辛苦，最開心的就是遇上陡峭的下坡路段，一路往下俯衝有如風馳電掣，暑意全消。

不過那樣的路段不多，就像現在日正當中，滿身大汗的他們只想趕緊躲進陰涼的地方休息，因為他們的腳很痠，膝蓋也疼。

小智指向右前方，省道旁延伸出的一排濃密綠樹。

他們轉進去，發現是條完美的拱型綠色隧道，一對對樹幹粗壯、枝葉頂天的芒果樹將他們圍繞，綠蔭下涼風徐徐，感覺十分舒爽。他們把車停在路旁喝水休息，伸展筋骨。

「來，遇到綠色隧道要這樣玩，我教你。」小智一咕嚕躺在地上。

「你在幹什麼？」阿俊驚訝的問。

「唉呀！躺下來看天空，放空腦袋，什麼都不要想了。」

「這樣躺在馬路上很危險。」阿俊擔心的說。

「沒車啦！這兒看起來很隱密。」小智眼睛一閉，意有所指的說：「敢離家出走的人，還怕什麼危險？」

「呵呵！」阿俊苦笑一下，學小智在柏油路上躺成大字形。

哇！眼前的世界全變了樣。沒有車馬喧囂，沒有人來人往，只有片片翠綠交疊，天光雲影在枝椏間飄動，彷彿身在高峰之巔。

阿俊瞇起眼睛，聽見蟬聲啁啁，微風輕吹臉龐，帶來一陣清香。不久後，他好奇的撐起上身，這才發現背後是一片蓮花田，朵朵紅蓮在綠傘般的荷葉間，靜靜的挺立。

小智不愧是阿俊的好麻吉，上星期聽見阿俊的牢騷，二話不說就答應陪他去環島，一路上一起吃吃喝喝，說說笑笑，現在還貼心的教他如何欣賞風景。

經過這兩天來的身體勞動，阿俊的心已經沒那麼煩躁了。學測考不好的打擊、玩電動被斥責、和爸媽大吵一架的憤恨，甚至一度想不開而想

「人間蒸發」的念頭，都隨著汗水和喘息慢慢排出體外。

想到這兒，阿俊再度躺下，把心思轉回田間。

忽然，一團黑影在樹梢掠過。阿俊嚇一跳，因為那個影子很大，不是小鳥，也不像人……

「阿俊，快起來，快起來——」

阿俊感覺自己被人拉扯，發現是小智慌張的拉著他的手。

「叭——叭——」轉頭一看，一臺九人座的休旅車疾駛而來。

阿俊急忙往外跳開，卻感到頭部遭受撞擊，異常疼痛。

「啊——」阿俊抱頭蹲下。

「亂躺在路上，你們找死啊？」司機停下車對他們大叫。

小智驚慌的問阿俊：「你有沒有怎麼樣？」

阿俊無法開口回答，因為他暈眩不已，眼前黑暗一片。

「走開！別來吵我……」一個男生的聲音從黑暗中傳來。

「你是誰？」阿俊疑惑的問。

「我叫林明添，人家叫我阿添。你們快離開，別吵……」

「吼——」忽然一聲巨吼取代了男孩的聲音，黑暗中浮出一個龐然大物。阿俊看見一張血盆大口對他咆哮，一雙燃燒的眼睛，猶如荒郊暗路上疾駛而來的車頭大燈，惡狠狠的朝他衝撞過來……他驚恐不已，感覺心臟往地獄急速下沉……

「啊——」阿俊從可怕的幻境中驚醒。

「你還好嗎？頭會不會暈？想不想吐？頭很痛嗎？」小智擔憂的望著阿俊，「有沒有腦震盪啊？你怎麼會去撞芒果樹呢？真是的。」

「嗯？」阿俊張開眼睛，視線漸漸清晰。他揉揉前額，眨眨眼，感覺不暈也不痛了，但仍心有餘悸。

「你們怎麼還不走？我最討厭有人吵我。」

「啊？」阿俊好驚訝，恍然想起剛才黑暗中的對話。「你……你是阿添嗎？」

「快滾！」

「阿俊，你在跟誰講話？」小智納悶的問。

阿俊轉頭看小智，又看看四下無人，心裡覺得奇怪。

「你沒有聽見有人在講話嗎？」阿俊問。

「沒有啊，除了剛才那個罵人的司機。」小智聳了肩。

「喔……」阿俊緊張起來，「走，我們趕快離開這裡。」

小智回頭牽腳踏車，忽然伸手指著前方，猛回頭興奮的說：「那個……那不是歌手弦彬嗎？你的偶像弦彬啊，快看！」

阿俊從他指的方向看去，發現剛才那一臺休旅車已經停在綠色隧道的入口，一群人站在車旁，簇擁著一個衣服光鮮，高大帥氣的大男生。阿俊直起身子，仔細一看，那個大男生真的是他最愛的歌手弦彬。

「嘿！是耶！」阿俊咧開嘴，一股中獎的興奮感襲來，心臟撲通亂跳。「是我的偶像弦彬，是弦彬，是弦彬，我這是在做夢嗎……」

「夢你個大頭啦！」小智輕拍阿俊的後腦勺。「看你樂的。可惜他不是我的偶像，我的偶像是周紫芋。」

「你看，車後方用黃布條拉起封鎖線，有人拿攝影機，有人拿反光板。」阿俊踮起腳尖，認真眺望。「他們好像是來出外景拍片的！」

一個老先生手拿黃布條朝他們走來，並對他們說：「小朋友，唱片公司來這裡拍MV，這條馬路要暫時封鎖，請你們離開。」

「怎麼可以這樣？馬路是大家的，憑什麼趕我們走？」阿俊抗議，雖然他們只是停下來暫時休息，但是剛才那個怪異的聲音趕他走，現在又來了，這樣接二連三的被人驅趕，令他感覺不舒服，尤其這種命令的口氣跟他老爸超級像的，更是讓他覺得反感。

「我是這裡的村長，他們有申請路權，等一下警察局還會派人駐守在路口。我再說一次，你們快走開，不要妨礙人家拍片。」村長臭著臉，威嚇的說。

「我不走，我要看拍片，我是弦彬的粉絲。」阿俊轉頭給小智一個眼色。

「對！我們是弦彬的粉絲，我們要簽名。」小智很有默契的偽裝成粉絲，伸手進背包搜索一陣子，拿出一件汗衫，一陣酸味飄出。「我沒帶紙筆，就簽在這件衣服上！」

「我也要。」阿俊也拿出一條充滿汗臭味的運動褲。

「你們不要鬧了，快走開。」村長又下令。

「我們要去找他簽名。」兩個男生極力爭取，三個人因此爭執不下。

「怎麼了？」一個戴鴨舌帽的馬尾女生跑過來詢問。

阿俊和小智重提看拍片和簽名的事，阿俊還說：「如果把我們趕走，我要上網跟我的一萬多個ＩＧ追蹤者說，弦彬對他的粉絲不好。」

「對！不幫粉絲簽名就算了，還凶巴巴的趕人走。」小智幫腔說。

「啊！真對不起，我是弦彬的宣傳人員啦！」馬尾女生聽見威脅，急忙鞠躬道歉，安撫說：「我馬上請他幫你們簽名，你們想看拍片也沒問題，我知道這種機會很難得，但是請到攝影機後面，不要出現在畫面中，尤其不要出聲音，拜託拜託！」

「耶！」阿俊和小智擊掌，連忙跑去會偶像了。

村長趕忙跑往綠色隧道另一頭，要在路旁左右相對的兩棵樹間拉起封鎖線，形成路障，阻擋人車進入。

弦彬看到粉絲拿著臭衣服要簽名，一時傻眼，不過他不愧是專業的偶像，即刻勉強憋氣忍住不悅，露出燦爛的笑臉，拿出口袋裡的油性筆幫他們寫了。

「我要拿去學校跟同學炫耀。」阿俊高舉簽了名的褲子，開心的跳起來。

「嘔……嘔……」小智才剛要搭話，突然翻白眼乾嘔起來，把在場所有人都嚇了一跳。

「你怎麼了？」阿俊害怕又擔憂的問他。

「嘔……啊……我……好難過……不要推我……啊！不要一直推我……」小智閉著眼睛，眉頭深鎖，痛苦的說著，然後莫名其妙開始甩頭。「啊！嗚！嗚嗚嗚！嗚嗚嗚……」

導演指著馬尾女生罵說：「你在搞什麼？帶陌生人來幹麼？現在是怎

樣？什麼時候才能拍片？」

女宣傳好焦急，伸手要把阿俊和小智推到車子後面。就在拉扯間，小智忽然不嘔了，就像沒事發生過一樣，笑著說：「我們就站在導演後面十公尺，絕對不會干擾你們拍片。」

村長這時才綁好對面的封鎖線，快快走過來，催促著導演說：「你們快點拍，不然等天色暗了可不好，這裡不平靜……」

「廢話！天色暗了我拍個屁呀！」導演氣還沒消，指著每個人分派工作，然後大喊：「快點就位！」

「我要握手！」小智人來瘋似的跑向前，雙手握住弦彬的右手，上下晃動。「我好崇拜你，我從八年前你開始出道時就喜歡你了，你的每一張唱片我都有買，我還收集了很多你的照片喔！」

弦彬無法拒絕，又怕導演生氣，既為難又尷尬。阿俊卻愣在一旁，心想：小智，你也演得太過了吧。

這個舉動果然惹怒了導演，他對小智大叫：「小朋友，快點到後面來，不要妨礙我們工作。」

小智不理他，又抱住弦彬的腰，宛如獲得珍寶雀躍不已，臉上露出陶醉的表情。

「這個小智在搞什麼？太誇張了。」阿俊感到十分錯愕，轉頭看導演，又回頭對小智焦急的說：「小智，好了啦，不要害我們被趕走。」

「你到底鬧夠了沒有？滾開！」沒等導演發飆，倒是溫和的弦彬變臉，怒氣沖沖罵人，把小智的雙手撥開，還用力推他，害他倒退三公尺跌在地上。

「嗚……嗚嗚……」小智像個被人奪走糖果的孩子，賴在地上痛哭。

「宣傳！宣傳！快把人帶走，知道浪費這些時間要花公司多少錢嗎？」

導演氣急敗壞的對馬尾女生下指令。

馬尾女生急忙過來把小智拉走，並叫他安靜。阿俊走到小智身邊，調皮的笑著說：「夠了，別鬧了，你今天怪怪的喔！你的偶像不是周紫芋嗎？」

「胡扯！我愛弦彬，超愛的，從我國小六年級開始已經好幾年了，我不但有買他的唱片，還收集了一百多張他的照片，結果……都被我爸撕毀了。」小智委屈的說著，忽然豎起眉毛，漲紅臉很生氣的樣子。「可惡的弦彬！我那麼愛他，甚至因為他而死，他竟然把我推倒，真是教我寒心，嗚……我的心碎了，嗚嗚……」

「不要再發出噪音了！」導演轉頭對他們咆哮。

馬尾女生又拉小智往後面走，阿俊也伸手去拉小智，要他安靜。

然而就在阿俊的手碰到小智的手臂時，「吼——」一聲巨吼在阿俊腦中爆出，他恍然看見一顆龐大的猛獸頭，張開血盆大口在狂吼，銅鈴大的眼睛中燃燒著熊熊火焰。

這不正是我剛才看到的妖怪嗎？他嚇得急忙縮手，驚恐的說：「你不是小智，你是……你是……」

「我是阿添。」小智回頭冷冷的白了他一眼。

「你是妖怪？」阿俊心涼了半截。

「不，我是鬼，比妖怪高級多了，你們侵入了我的地盤。你，你，你……」他指著阿俊、馬尾女生、導演、村長、弦彬和其他工作人員。

「你們都給我滾！」

「小智呢？你把小智抓去哪裡？」阿俊焦急的問。

「對了，還有他。」小智手指著大彎處的那棵芒果樹，「他在那邊哭很久了，哈哈，膽小鬼。」

「不要再吵了！」導演又轉頭大叫。

「哼，我要你們好看，啊！啊……」小智仰天長嘯，擺明就是搗亂。

「太離譜了！」導演忍不住怒氣，叫村長、攝影師、燈光師都過來幫忙趕人。於是他們和馬尾女生合力拉住小智的雙手，又抱他的腰，把他抬著走。

「吼——」小智發了瘋似的大叫，所有碰觸到他的人都像觸電一般呆住，彷彿看見了可怕的景象。阿俊知道，他們也看到了自己腦海中的那隻凶暴的妖怪。

小智張牙舞爪甩開拉住他的每一隻手，大叫：「弦彬！快跟我道歉，我要弦彬跟我道歉，否則我不會善罷干休，我今天會這樣都是因為你，都是你害的，你竟然這樣傷我的心，嗚嗚嗚……」

大家見狀只能放開手，紛紛退後幾步，面面相覷，然後看向弦彬。村長恐慌的對弦彬說：「你趕快，他不是人，不……應該說他被附身了……」

「我到底做錯了什麼？你吵得我們無法好好拍戲。」弦彬沒聽懂村長的意思，走過來瞪著小智，又轉頭對阿俊說：「你的朋友太過分了，你快把他帶走！」

「他不是我那個朋友，他是……鬼。」阿俊幽幽的說。

「啊？」弦彬錯愕的的表情，懷疑自己聽錯了。「你說什麼？」

其他人都點頭，村長還說：「這一帶本來就有妖魔，誰知道真的現身了。我們平常是不來這裡的，所以勸你們天黑前快拍完。以前有個高中生飆車，在大彎道那裡撞到樹死掉了，在那之後這裡就不太平靜，還有人被妖魔抓走了魂魄……」

「亂講，是他大熱天跑到蓮花池邊玩，自己中暑的，別賴給我。」小智生氣的辯解。

「好吧！你說，你要怎麼樣才會停止吵鬧？」弦彬吸口氣，也不想弄懂細節，只想解決眼前困境。

「唱首歌給我聽，而且要專門為我唱。」小智翹起下巴，跩跩的說。

「哪一首？」弦彬又問。

「嗯……」小智想了一會兒，「就唱〈回家〉好了。」

「喔！怎麼又是這一首。」弦彬有些驚訝。

「怎麼了嗎？」小智問。

「我的歌有一百多首，上次我開演唱會，也是有人特別點這首歌，」弦彬說，「而且居然是個中年人，我一直以為我的粉絲都是中學生和大學生呢。」

「因為這首歌好聽啊！」小智慧黠的笑。

「事情是這樣的，」馬尾女生興奮的接話說：「我們在企劃演唱會時，公司收到一封一位爸爸寄來的信。他懇求弦彬為他的兒子唱〈回家〉，因為兒子是弦彬的超級粉絲，卻因為爸爸擔心他沉迷偶像，而撕爛了他收集的所有照片。」

「也就是我的照片啦！」弦彬笑著說，「他說兒子在盛怒之下弄傷了他，然後跑出去飆車，結果出車禍撞死了。爸爸感到十分後悔，後來道士在車禍現場招魂時，也一直招不到魂，他擔心兒子成了孤魂野鬼，因此希望我唱這首歌，讓他兒子早點回家。」

小智突然愣住了，一句話都不說。弦彬看他沒再提出要求，便開口清唱起來：

「我在飛翔，
找尋目標，

我在遨遊，
尋找驛站。

有人有家不回家，
有人沒家想有家。
你羨慕別人沒有家，
別人羨慕你有個家。
到底是誰才有家？
究竟是誰沒有家？
一盞溫暖的燈光，
一碗熱騰騰的白飯，
不需要親切的問候，

一個可以完全放心疲累的地方。

終於找到目標，

最開始出發的地方。

回家，

不是每個人都有家，

回家，

不是每個人都沒有家。」

阿俊看著偶像引吭高歌，心中歡欣不已，不知不覺蹲下來手捧臉頰，衷心陶醉在優美的歌聲中。然而等弦彬唱完時，大家才發現小智竟然倒在地上，昏迷不醒。

「小智，小智。」阿俊猛力搖他的肩膀，終於看到他緩緩睜開眼睛。

「咦？你們怎麼都圍著我？」小智困惑的看著大家，「拍完了嗎？還是還沒拍？怎麼了嗎？」

「小智，你終於回來了。」阿俊抱住小智，喜極而泣。

「好了，終於可以開工了，太陽快下山了，快點！」導演一聲令下，所有工作人員都各就各位，準備工作。

阿俊和小智也不看拍片了，牽著腳踏車默默離開。

「寫那封信的人是我爸爸。」

「啊！你又出現了。」阿俊聽見腦中的聲音，驚訝的想著。

「對。」

阿俊發現自己不用講話，也能跟阿添溝通，因此他繼續想著：「你是說，是你爸請弦彬唱歌給你聽？」

「一定是他。」

「事情是怎麼發生的？」

「他看我沉迷弦彬，功課退步，就偷偷把我收集的照片拿去他的書房。我去找他要，他把我罵了一頓，然後在我面前把那些照片都撕爛。我一氣之下，拿起書桌上的紙鎮朝他丟去，害他頭上流血，跌坐到地上唉唉慘叫。我又害怕又生氣又慌張，急忙騎上機車逃家，我狂飆了半小時轉進這兒，卻不小心在大轉彎處撞上芒果樹幹，當場死亡。」

「原來是這樣。」

「道士來招魂時，只有我媽來，她拿著香，哭著對空氣說：『爸爸受傷住院了，沒辦法來，但他已經原諒你了，快跟媽媽回家。』可是我沒臉回去，而且我那時氣還沒消，因此就這樣在綠色隧道裡晃呀晃，直到現在。」

「多久了？」

「六、七年了吧。」

「你既然不是妖怪，為什麼我一直看到一隻凶暴的妖怪？」阿俊終於提出這個梗在心頭的疑問。

「這隻嗎？」

「吼——」阿俊的腦海中瞬間顯現一顆妖怪的頭，那血盆大口和銅鈴大眼如在目前。「對，就是牠。」

「那是我砸向我爸爸的青石獸首紙鎮，我好後悔，嗚……」阿添嗚咽起來。

「原來那是紙鎮的造型啊！」阿俊恍然大悟，繼續關心的問，「你接下來有什麼打算嗎？繼續留在這兒？」

「不，我想回家了。」他停止哽咽，堅定的說。

「你家在哪裡？」

「斗南。」

「走吧！上車，我帶你回去。」

阿俊忽然感覺腳踏車後座有了動靜。他微微一笑，停車回頭，對小智說：「走！我們回家去。」

「什麼？不是要去環島？」小智納悶的說。

「下次吧！」阿俊不好意思的微微一笑。

◇ ◇ ◇

由於故事裡頭有許多人物，志翔還一人分飾多角，刻意裝成不同人的聲音，像單人演出廣播劇那樣，儘量把鬼故事說得生動感人。

「夏志翔，你很故意。」宏岳的口氣壓低，明顯露出不悅之情。「你明知道我不想回家。」

「沒錯，我是故意的。」志翔接話說，「但我也沒有勸你回家。」

「你就不怕我生氣？」

「你生氣也是應該的。」

「哼！」

通訊瞬間斷了。

志翔不以為意，看媽媽在顧攤子，便回頭去躺椅那邊半躺著看書。

吃過中餐的便當，到了下午，一位年輕的客人出現。

江夢蝶看見，熱情的招呼：「來，帥哥，歡迎光臨，隨便看看。」

志翔抬頭一看，竟然是宏岳。

「啊！」

兩人四目交接，殺氣騰騰，似乎下一秒就要發生衝突……

第八話

王爺公的平安符

「你們認識啊？」江夢蝶感受到奇特的氣氛，緊張的問。

「哈！」志翔先笑。

「哈！哈！」宏岳跟著笑。

「哈！哈！哈！哈……」兩人一起仰天大笑。

「發什麼神經啊？現在的孩子都這樣怪怪的嗎？」江夢蝶無奈的聳聳肩，捧起時尚雜誌，在一旁躺椅坐下。

這時夏若迪從郵局回來，江夢蝶馬上站起來說：「交接，換我去買菜，我晚上要做水餃的材料還沒備齊呢！」

夏若迪說：「現在時機不好，簡單吃就好，別花太多錢。」

「你放心，我的水餃包的是素料，但是美味不打折。」江夢蝶說完便騎上機車離開。

夏若迪望著宏岳，心有餘悸的說：「是賴桑叫你來的嗎？」

「不是。」宏岳笑說，「是我自己要來的。」

「什麼意思？」夏若迪仍然警戒。

「沒事啦！爸。你忘了嗎？宏岳已經把那條子彈項鍊交給我們了。」

「喔！對，我還寫著『非賣品』呢！」夏若迪指著攤子一角，「喏！在那兒。」

「呵！那個不重要了。」宏岳說。

志翔看宏岳是個直率的人，開門見山就問：「所以，你決定脫離黑道了嗎？」

「嗯，我不跟他們去討債了。」宏岳點頭。

「很好，可是，他們願意放過你嗎？還有那個跟你一起來討債的人。」

「其實我剛加入他們不久，那個刺青的人雖然是黑道，不過只是小弟之一。我們會一起討債是賴桑臨時把我們湊在一起，我跟他也不是很熟。而且離開這種事不是他說了算，得要金剛老大同意才行。」宏岳說。

「金剛老大？聽起來很有地位的感覺。」

「沒錯，要不是我姨丈去找他談，他應該不會那麼容易放過我。」

「姨丈？你是指美華的爸爸嗎？」

「對啊。」

「怎麼可能？」

「姨丈很有膽識的，他看我把子彈項鍊交給美華，就帶了一瓶陳年高粱酒單槍匹馬去找金剛老大。他們先乾一大杯酒，然後聊汽車，聊政治，然後一起罵同一個政客，最後才說到我的事。他說我很聰明，是讀書的料，希望金剛老大高抬貴手，放我回去當讀書人。」

「金剛老大不會同意了吧？」

「他點頭了。」

「為什麼？」

「我姨丈跟我說，」宏岳又說，「金剛老大會出來混黑社會是因為小時候生活困苦，又不愛讀書，沒有一技之長才走入江湖，既然我能讀書，當然要當個讀書人才有出息。當場他就打電話給我，問我是不是想回去讀書，我猶豫了一下，說是。」

「為什麼要猶豫？」

「因為我不知道回到學校，同學們會怎麼看我？那些課程，我也不確定能不能跟得上？」宏岳低頭又說：「何況我如果回家住，又怕跟我爸處不好。以前他常常罵我不用功，只愛玩，放學就跑出去跟朋友鬼混。我雖然有時會去網咖，或去同學家打電動，但我也常常去圖書館看書。可是我爸就是不相信，真是氣死我了！」

「大人不都是這樣嗎？只聽自己想聽的，不聽我們講話。」志翔拍拍他的肩膀，又說：「你放心，如果你回學校讀書遇到不會的功課，我可以教你。你也不會沒有朋友，至少有我。」

宏岳一聽，奮力往志翔手上一握。

「嗯……」志翔一痛，暗叫一聲。

「哈！哈！哈！」兩人相視大笑。

「嗨！你們在笑什麼？」美華也來了。

「咳！」夏若迪清清喉嚨，顯然剛才都在側耳偷聽。

「沒啦！我在說我爸。」宏岳又說：「我爸自己才應該檢討，每天忙著賺錢不在家，車子一開出門，一個月見不到三次面，根本就是不負責任。國中時我發燒生病，都是我媽帶我去看醫生，聽我媽說，她生我的時候，我爸也只去醫院照顧一天，我懷疑他根本就不愛這個家。」

志翔問：「你媽生前對你爸一定也有很多牢騷？」

「喔！不，雖然他們後來離婚了，但其實他們的心態都一樣，我媽總是說爸爸跟她賺錢很辛苦，要我多多體諒他們。」宏岳頭一偏，語氣不屑。「她說我能住洋房，穿名牌衣服鞋子，都得感謝大人四處奔波。誰稀罕那些東西啊？你知道我有多久沒有跟我爸講話了嗎？整整一年半。」

「大後天是宏岳爸爸的生日。」美華說。

「你怎麼知道？」志翔好奇。

「宏岳自己說的，他還說要等那天過後，再考慮要不要回家住。」

「哈！」志翔笑出聲。

「有什麼好笑？」宏岳不悅。

「唉呀！乾脆一點嘛。看你討債那麼豪邁，何必在回家這件事上想東想西呢？」志翔往攤子上掃視一遍，又說：「你爸爸有拜拜嗎？」

「有，我小的時候，我爸曾經當過爐主，迎回一尊王爺公回家。每年過年，他也一定會帶全家去臺南的南鯤鯓代天府拜拜，他說那兒是全臺王爺廟的祖廟。」

「那正好。」志翔拿起一個串著中國結流蘇的東西，「這裡有個王爺公的平安符，我講一個故事給你們聽。」

美華拍拍手：「太好了，又有故事聽了。」

宏岳精神一振，好奇的問：「跟王爺公有關的嗎？」

「呵呵！不急，聽我慢慢說來。」

冷清的東港魚市裡，熱鬧的街頭巷尾中，人們都皺著眉心，搖頭議論，鎮上瀰漫著一股擔憂的氣氛。

那是因為今年的魚群來得晚，頭一尾是兩個星期前的事了。捕獲的船老闆阿福仔和阿海仔同村，像是中了樂透頭彩，高興得合不攏嘴，因為兩百公斤喊到最後一百六十萬元結標。

這價錢遠高於一般的行情，可見爭著賠錢來買的餐廳店主們，將那條一般大小的黑甕串（黑鮪魚）當作頭香來搶。

可是到現在魚市只拍賣了二十一尾，只是去年同期的一半不到，魚價居高不下，上腹一萬兩千元，將近兩倍成長。再這樣下去，阿海仔擔心供不應求，魚價雖好，但是量太少，總抵不過消耗的成本啊！

天未透光，阿海仔就走到東隆宮燒香膜拜。

裊裊香煙中，他閉目跪地，虔敬的說：「王爺公在上，弟子是聖昌發漁船的船長江大海，祈求王爺公保庇，讓我這次出海平安，抓到很多黑甕串，豐收入港。拜託！拜託！」

走到金爐前，他把平安符拿起來，在白煙中繞了三圈。

他深吸一口氣，才發現今天的空氣清新，富含醒腦的氧氣，並伴隨陣陣濃厚的鹹腥味。

這是大海的氣味啊！他笑一笑，告訴自己，好吉兆！回頭再給王爺一鞠躬。

昨天晚上，他的女兒婷婷聽到他將出海十多天，竟在餐桌旁賭氣不吃飯。她說：「每次都這樣，每次都這樣，討厭！」

他拉長了臉，那滿是海風和烈日侵蝕的痕跡微微顫動。

妻子秋香扮起黑臉罵說：「快吃！你如果不吃，那好，爸爸回家之前，你都不要給我吃飯。看你有多會吵？」

阿海仔只能像餐桌上的大魚頭，朝天花板睜大眼睛，閉緊嘴巴。

他難以表達無奈和愧疚，他知道婷婷愛他，需要爸爸的陪伴，尤其是兩天後婷婷生日那天，她會認為自己是世上最重要的人。那是備受祝福的一天，她要的絕不只是一個鮮奶油大蛋糕。

飯後，婷婷拿出一個繞了紅繩的平安符。那平安符摺成六角形，用透明小袋裝起來，前方有一張王爺神像的相片，下方還配一個紅色中國結和流蘇。

秋香說：「這是前幾天我們去東隆宮求來的。」

婷婷把平安符掛在他的脖子上，說：「祝爸爸早點回家。」

他很感動，孩子雖小，也被他寵得有些任性，但畢竟心是向著他的，他又欣慰的笑了。

離開東隆宮，他上了船，把平安符掛在駕駛座前方的玻璃上。

他將船開到製冰場加冰塊。時序進入春天，海上也沒那麼冷了，可是他的內心卻如冰塊一般寒涼。

他滿心期待漁船豐收，又怕和上次一樣希望落空，那樣他該怎麼面對妻女企盼的眼神？怎麼平衡出海十多天的開銷？加滿柴油跟購買魚餌就要四十多萬，鯖魚、南魷、秋刀，都是最高級的釣餌，還有漁工們的薪資，都不知要怎麼算了。

婷婷下個月的補習費，加上房子和船的貸款，還有秋香說沙發皮破了，衣櫥給白蟻蛀壞了，當初搬新家時就該和其他家具一起換新的，多少可以要點折扣，現在換下來又是一筆開銷。

「王爺公啊！請保庇啊！」他不自覺又說出這句話。

就是那麼巧，婷婷的生日剛好在黑甕串來的季節，導致每回他都無法在家陪她慶生。

記得九年前，他也是在茫茫大海上與波浪搏鬥，然而心中卻記掛著即將臨盆的秋香。他幫船長吊起十多尾黑甕串，光榮的回港，但秋香不在港邊等候，他心急如焚，也不看魚市拍賣了，火速回家。可喜的是迎接他的是秋香懷中赤豔豔的小女娃兒，從此他的甜笑加倍，牽掛也加倍了。

幾年之後，夫妻倆存了錢，跟漁會貸款買了船，他肩上的重量更沉了，然而看著婷婷漸漸成長，滿心的成就感使他忽略了那重擔。

加完冰塊後，當他觸點鞭炮隆重出發時，看見他的婷婷和秋香站在海堤上頻頻向他揮手道別。

他從女兒高高踮起的腳尖知道她小小心靈中充納了不捨和憂慮，他的不忍心何止千萬倍？然而為了這個家，他必得割捨這矛盾，堅毅的往前，躍進這藍藍大海。

在海上旅館接走六位外籍漁工之後，他捕抓黑甕串的旅程才正式展開。一路上浪高五級，船身劇烈顛簸，浪花激起千萬朵細碎泡沫，讓他憶起婷婷還在懷抱時，他擁她在海堤上漫步的情景。

那時風平浪靜，金黃色的陽光灑在海面，波光粼粼，美麗極了。婷婷忽然指著前方說：「爸爸，星星，好多星星！」他正納悶，大白天哪來的星星，但順著她的手勢看去，他不禁莞爾，海面上閃動的波光在婷婷眼裡成了星光點點。他說：「那是大海，不是星星啦！」婷婷卻說：「大海是星星的公司，星星白天在大海上班，晚上回到天上睡覺。」他驚訝小女孩的天真無邪，創意無限。

而此時，他正感嘆大海變幻莫測，四面八方捲起的白浪，在豔陽下閃爍銳利的光芒，猶如一片片翻飛的利刃，瞬間就能攫人性命。不過，這艱險，他希望婷婷永遠不要懂。他和婷婷說，黑甕串就像是聖誕老公公，每年從北方南下，為他們家帶來禮物。不同的是聖誕老公公會主動上門送禮，而這黑甕串必須由他親自到海上去迎接。

黑甕串，這「魚中的勞斯萊斯」，沿著黑潮迴游，每年春暖花開時從琉球南下，到臺灣東南部外海產卵，此時油脂最豐腴，肉質最鮮美。可是牠們體型流線，時速可高達一百六十公里，追逐尚且不易，何況是捕捉。

一天一夜過去，漁船好不容易來到產卵區，他令漁工們將釣餌鉤上魚鉤，並且慢慢拋下五百多根釣鉤，將引誘的長線拉至三十海里。這是所謂的延繩釣法，工作耗費體力又索然無趣，他抹去額上的汗珠，這才發現滿臉都是水分蒸發後留下的白晶，不知是汗鹽還是海鹽？看看手錶，已經工作四個多小時，雖然辛苦不足為外人道，但想想可愛的婷婷，他的臉上不禁恢復了微笑。

怕驚動生性機警的黑甕串，他放完釣餌之後悄悄離去，留下無線電浮標當作標記，任那漫長的餌線隨波逐流，與黑甕串共舞，而他和漁工們才稍微有了喘息的機會。他叫大家充分休息，儲備體力，因為緊接著的工作將更加吃力。

兩個多小時之後，他又踏浪而來，循著無線電追蹤器的引導，找到了屬於他的釣餌。

「抓到了！抓到了！」收起魚線時，六個人合拉一條黑甕串，那繩上反抗的力道不強，讓他有不祥的預感。果然，當他們拉起魚身時，發現腹肉已被啃噬殆盡，看那粗暴的傷口，八成是鯊魚。

腹肉是黑甕串最具經濟價值的地方，可拿來作生魚片，只占全魚的百分之四十，如今卻化為烏有了。他的心情從高處墜落谷底，氣餒和憤怒使他忍不住咒罵起來。

他驚訝的看見海波上穿梭著幾個三角形的背鰭，原來不只一條鯊魚啊！有大鯊魚，也有小鯊魚，想是鮮甜的魚血引誘牠們聚集。人和鯊魚都為了生存而獵殺，回頭一想，到口的獵物竟被人類搶奪而去，也許牠們比人類更生氣吧！可是那是他千辛萬苦放餌釣到的啊！他不甘心。

此刻不容許他再發愣失神，他命令漁工們趕緊拉起餌線檢查，要搶在鯊魚之前抓起上鉤的黑甕串才行。既然是生存競爭，總是先下手為強；既然是生存競爭，總是得區分勝利者和失敗者，這是與自然搏鬥必須接受的嚴酷現實。

幾番忙碌之後，終於有一尾完整的的黑甕串上船，船上響起暢快的歡呼。他興奮的趕緊撥打衛星電話回家報喜。電話那頭，秋香狂喜，連忙呼喚婷婷來跟爸爸說話。婷婷接過話筒，他說：「爸爸抓到黑甕串了！爸爸有沒有厲害？」

婷婷甚是歡喜，說：「爸爸抓到魚了，是不是就要回來了？人家好想你。」

他說：「很快，很快，爸爸很快就可以回家了。」

婷婷嬌嗔的說：「爸爸都沒有跟人家說。」

「說什麼？」

「生日快樂啦！」

忙著抓魚，他竟然忘了今天是婷婷的生日！他趕緊祝她生日快樂，而她回他一個甜美的撒嬌，說：「媽媽買了蛋糕，我留了一大塊蛋糕冰在冰箱，等你回來吃喔！」

他的心幾乎要融化了。

說是要很快回家，可是怎麼行呢？出海一趟不是小事，一尾黑甕串怎麼夠成本，柴油還多著，還得再試試。他得讓婷婷多等幾天了。

婷婷的甜笑還在耳際迴響，剛剛他切斷電話時，許多關心的話都沒有說出口，他一向習慣隱藏自己真實的情緒，就像他從來沒敢在秋香面前說一聲「我愛你」。

還記得去年這時節出海，婷婷哭鬧不已，一直到他捕到黑甕串打電話回家，秋香說：「她說同學生日時，都到速食店辦慶生會，她的生日卻連爸爸都不在身邊。」

那樣半懂不懂的年紀，真的不容易啊！而今年婷婷並沒有哭，顯然經過一年，她長大多了。

還記得不久前她還不會挑魚刺，吃塊魚都得別人幫她將魚肉剔好，現在就連多刺的虱目魚，她吃得比誰都快。

還有她第一次吃生魚片時，讓嗆辣的芥末嗆得一臉鼻涕眼淚，而現在卻會跟他在餐桌上搶鮪魚肚吃了。不敢相信那個襁褓中紅豔豔的小女娃兒，已經變成亭亭玉立的美少女了。

天色漸漸暗下來，海上空氣清透，橘紅色的夕陽顯得又大又圓。引擎聲達達的響著，他要趁天黑之前換個地點，在這茫茫大海中博取另一個希望。

海面上閃出點點特殊的銀光，是飛魚被他的引擎聲驚起飛跳。浪忽然高起來，他的心也隨船身上上下下，彷彿隨那飛魚飛翔起落。黑幕漸漸籠罩，他打亮船上的燈光，雖然廣闊的海域中這一點燈火微不足道，卻帶給他一絲絲家的感覺。

他真正的家在後方，但此刻他仍要向前追逐，追逐那黝黑深海裡茫不可測的機會和命運。他掌穩舵，望向即將消失的海平線，又看著玻璃上方的平安符，一股更深沉的愧疚，悄悄從心裡升起。

「唉！我真羨慕婷婷，有個好爸爸……」宏岳說完立刻住嘴，陷入沉思。

「其實，你也有一個好爸爸啦！」美華說。

「或許吧！」宏岳淡淡一笑，又說：「志翔，這個平安符怎麼賣？」

夏若迪搶著說：「一百元，你想做什麼？」

宏岳笑而不答。

美華笑說：「我知道了，你要送給你爸當生日禮物。」

宏岳伸手掏口袋：「給我爸掛在車上，保平安。」

夏若迪一旁說：「這個平安符就送你，免費。」

「真的嗎？」

「就當作交換你那一條子彈項鍊。」志翔說。

「謝啦！」宏岳尷尬的笑了笑。

「難得你能了解天下爸爸們的辛苦，真不錯。」夏若迪欣慰的把平安符交給宏岳。「來，你們都是乖孩子，我請你們吃便當。」

美華癟嘴說：「剛剛聽得滿腦子都是血腥，我不想吃肉。」

「那麼今天吃素菜便當！」夏若迪問。

「耶！」三個少年同聲歡呼。

夏若迪回車子去拿錢，突然一陣天搖地動。先是左右搖晃，十幾秒後改為上下震盪，而且越來越激烈，越來越狂猛……

「地震，大地震——」

舊貨市場裡尖叫聲此起彼落，大家都張開手臂，本能的要找掩蔽物。

美華拉志翔蹲下，志翔安撫她：「這市場是露天的，不用擔心會有東西垮下來。」

「既然這樣，還怕什麼？」宏岳乾脆往地上盤腿一坐。

夏若迪卻左顧右盼，慌張叫著：「不行！快跑。你們看，危險……」

一旁的住商大樓搖晃得很厲害，居然開始傾斜。

「啊——」

「啊——啊——」

眾人更加驚恐，想逃又不知往哪裡逃。

志翔臉色一抹，露出圓睜睜的大眼睛說：「眼看他起高樓，眼看他宴賓客，眼看他樓塌了。」

美華扯他衣角，不悅的叫：「這時候你還說風涼話。」

志翔不理會，還站起來大聲吼叫：「一切有為法，如夢幻泡影，如電亦如露，應做如是觀——」

「砰——砰——」

大樓崩塌，巨大的水泥塊紛紛掉落又彈起，彈起又掉落。

大家都嚇傻了，唯獨夏志翔雙手插腰，直挺挺的站著，嘴裡還喊著：

「色即是空，空即是色，受想行識，亦復如是——」

奇怪的是，遠遠的從空中俯瞰，那些紛紛掉落的水泥塊互相撞擊又撞擊，滾動又滾動，彷彿有人在大太陽底下翻攪著無數滾燙的小白石……

第九話

精裝筆記本

那些水泥塊宛如受到翻攪而互相撞擊，但把視線再拉到很遠來看，天哪！那些並不是什麼大樓崩落的水泥塊，而是一顆一顆翻滾的小白石——

朗朗晴空下，南投山區清泉寺著名的「枯山水」裡，小和尚常喜正拖著竹耙子，專注的耙梳池子裡細碎的小白石。

「刷——刷——」數以千萬計的小白石從底層被翻上來，並往兩側輕輕崩落。

歷經半小時的時間，常喜已經一一繞過十七顆大黑石，在它們周邊耙出無數個同心圓的環狀水紋。現在正精準的慢慢後退，將其餘的留白梳出平靜舒緩的水流。

這是佛寺主持光藏法師交代他每日必做的功課。

「常喜，別偷懶，快去耙水紋！」光藏師父總是這麼對他說。

雖然在大太陽下站一會兒就揮汗如雨，而且重複相同的動作顯得枯燥乏味，但常喜沒有抱怨，反而感到驕傲。因為這原本是師父每日操持的課業，一年多前師父得了重病之後，將這重擔交給了他。

三個月前，師父到醫院追蹤檢查，肺癌已到末期。

師父放棄急救回到寺裡安寧照護，每天不是臥床，就是坐輪椅讓人推出去晒太陽，有時昏迷有時清醒，漸漸的話也說得少了。

常喜是師父的大弟子，他知道師父很看重他。

這座有名的「枯山水」，是已逝的師公甘露法師興建的。

聽師父說，很久以前，清泉寺地下湧泉豐沛，第一代住持空達法師興建假山水池，在其中放養百餘條肥壯的各色錦鯉，吸引遊客前來參觀進香。那時媒體瘋狂報導，清泉寺聲名遠播，成為遊客旅行南投時必定光臨的重要景點。

但不久附近山頭開闢出縱橫交錯的產業道路，然後坡地上開墾成檳榔園、鳳梨田和果園。為了灌溉這些作物，農民蓋水塔，抽取地下水來蓄水，很快搶了水源，佛寺的水池就枯竭了。

隨著水源枯竭，錦鯉死了，草木枯萎，假山水池成了乾涸沙漠。美景不再，清泉寺因而門可羅雀。

十多年後，第二代住持甘露法師接任寺務，乾脆廢掉水池，把假山剷平填入池中，復原成半公頃的平地。然後在上面鋪金剛砂，再用數十輛卡車載來花蓮的小白石，改成白砂鋪地的細石海。又在池中錯落擺放了十七顆大黑石，並把白砂耙出水紋，做成東洋風格禪味十足的「枯山水」。

據說，如果靜下心來凝視這枯池子，能看見十八羅漢並列的奇異幻象，但至今還沒人能從十七顆大黑石看出十八羅漢。

大部分的人看到的是十七羅漢凌波渡江，也有人說是千島湖中奇岩競秀；更有人說看見藍天海鷗，椰林沙灘，十數個孤島彼此若即若離，就像一群聚在一起卻個個埋頭滑手機的現代人。

還有人模仿學者的口吻說：「看哪！黑壓壓的眾生浮浮沉沉，就像鐵達尼號沉船時漂流海上的倖存者，這是苦海無邊啊！回頭是岸啊！」

這些真真假假的言論，不停在池子邊交換談論著。經過媒體一渲染，每天來這兒參觀的遊客比「假山水池」那時代多了數百倍。

以前光藏師父健康時，每日早餐過後便會來耙水紋。那時師父從來不去說這些傳聞，而現在叫常喜耙水紋，關於這十八羅漢的傳聞種種，師父仍然一句話都沒說。

這一年來，常喜已經繞著池子無數次，從各種角度，怎麼看，怎麼數，也只有十七顆大黑石。唉！他這一顆十五歲的小腦袋，哪能參透什麼禪機？

「啪——啪——啪——」耳邊響起急促的跑步聲。

緊接著小師弟常樂出現在池邊，慌張對他叫喚：「師兄！師兄！師父要你去禪房找他。快！」

常喜最怕這樣，那表示師父的病情又有緊急狀況了。

「啪——啪——啪——」常喜急忙跑進師父休息的禪房。

「師父，您找我？」

卻見師父精神奕奕的下床。

「師父，你怎麼起來了？你怎麼不躺著休息？」常喜擔心的說。

「來！」師父逕自走到牆邊的一個大木箱旁，說：「來，我有好東西要給你看。」

師父聲如洪鐘，常喜好驚喜，大聲說：「您今天看起來氣色非常好，精神也特別好，看來病情有了起色，說不定快好了呢！」

「沒有的事，我知道我的時間所剩不多了，只不過今天的精神很不錯，所以叫你過來交代一些事情。」師父打開箱子，看看箱內，又說：「希望你能收下這些寶物，好好幫我保管。」

「寶物？」

「是的，每一樣都是很有意義的寶物。」

常喜以為是金銀財寶之類的珍寶，好奇的湊過去看，結果看了更加好奇。

「你看，這是我爸媽留下來的東西。」光藏法師從箱子裡拿出一個擀麵棍。「他們生前經營一家素菜麵館，叫做『金麥素菜館』，我打娘胎就跟著母親吃素麵、素餃子，出生之後，兩歲開始就跟大人一樣茹素禮佛，從小就結下了佛緣。」

常喜接過擀麵棍，看見上面烙印有「金麥」二字，覺得有趣。

「這把金門菜刀就是素菜館的廚具，用當年八二三炮戰落在金門的炮彈做成的菜刀，戰爭轉變為和平。」

「這真有趣了。」常喜拿過那把菜刀，上頭鐫刻有「炮彈鋼刀」四個字。

「我的父母非常疼我，你看。」他又拿出一幅八開大小的裝框畫，滔滔不絕。「這是我小時候畫在圖畫紙上的第一張畫，那時我四歲，畫我的媽媽。爸媽把它當作寶貝，裱框掛在餐廳的牆上，跟客人分享。」

常喜笑說：「這是亂塗鴉的嘛！」

「呵！」師父微笑不答，拿出一對陶瓷的結婚娃娃，又說：「這是他們結婚時，親戚送的紀念禮物，就擺在床頭櫃上，小時候我常常拿來當玩具。他們還常常帶我出去玩，四處爬山郊遊……」

接著出現一個迷你瓦斯爐。「常常還在郊外野餐。」

「好幸福的家庭。」常喜羨慕的說。

「唉！可惜啊！我十七歲那一年，父母一同開車外出，卻發生嚴重車禍，雙雙亡故了，那時我傷心欲絕，體會到人生無常的道理，便生起了出家的念頭。」光藏師父停頓了一下，又說：「我自願出家，到南投清泉寺這裡投靠父親的好朋友甘露法師，這一待就是五十五年。」

光藏師父又從裡頭拿出一個理髮用的手推剪，笑說：「那時甘露師父不願我出家，怕我只是一時低潮，年輕不懂事，還不了解自己，因此不幫我剃度，而是去買了這一個手推剪，幫我理成小平頭。我跟著師兄們做早晚課，種菜打掃，一點都沒有偷懶。兩年過後，他看我對佛法的學習態度很積極，知道我是認真的，才正式幫我剃度。」

「甘露師公留下來的……」常喜接過手推剪，看見師公的遺物，生起一股崇敬之意。

師父陸續將其他東西拿出來，攤在地板上。

「你來看，這大蝦圓盤、子母雞大碗公、竹編小畚箕、檜木櫻花扇，都是我阿公阿嬤留下來的舊物。」

「這個呢？」常喜拾起一個平安符。

「這是王爺公的平安符，是我出生時，阿公到王爺廟求來，給我掛在胸前保平安的。」師父說，「我的阿公阿嬤也早在我爸媽過世之前，相繼病逝了。」

「啊！好可憐。」常喜眼眶溼潤，「我不知道師父從小是個孤兒。」

「不，不可憐，芸芸眾生迷失在苦海中，執迷不悟，受苦受難，才是最可憐。」師父從箱中拿出一條項鍊，「你看這條項鍊，串了兩顆子彈銀飾。項鍊的主人是一位黑道的殺人通緝犯，二十多年前，他逃亡到山上，潛進寺裡被我發現，是我勸他不要活在恐懼當中，應該為自己的錯誤負責。他後來受到佛法感悟，主動去投案，臨走前留下這條項鍊給我當作紀念，以示決心。」

「哇！」常喜接過來，撥弄兩顆子彈，讚嘆的說不出話來。

「又比如這一尊神像。」師父彎腰，從裡面捧出虎爺神像。「你看祂的尾巴被人砍斷了。我年輕時，全臺風靡賭博大家樂，好多人為了明牌，求神拜佛大筆下注，結果『損龜』後心有不甘，砍掉神像的尾巴來洩憤。那時常聽說溪裡有許多被遺棄的神像，真是可憐，我恰好也撿到了這一尊，當作警惕信眾戒除貪婪的教材。」

「不會吧！」常喜無法置信，「為了錢財，連神明都敢欺負，那不是無法無天了嗎？」

「呵呵！這幾十年來，我接觸過無數的信眾大德，他們在生、老、病、死、怨憎會、愛別離、求不得、五蘊熾盛等苦痛中，滾滾沉浮，總是家家有本難念的經，人人有訴不完的苦，那才是可憐。我們出家人心心念念都要想著，該怎麼度化眾生，幫助大家離苦得樂。」

「是。」常喜認真點頭。

師父走到桌邊，拿起桌上的黃銅小香爐和刻有獸首的石頭紙鎮，一起放進大木箱中。他又說：「你到櫃子邊拿紫砂茶葉罐，還有油桐花咖啡杯給我。」

「好。」常喜把咖啡杯放在茶葉罐上面，一起捧過去。

師父同樣把它們放在一起，說：「這十八樣東西雖然都是俗物，但每一樣都是珍寶。我已經賦予它們珍貴的意義，希望你幫我保存下去。人性的貪、嗔、痴、慢、疑，還有因果循環、輪迴果報、付出與回饋、自我認同、生命的價值和做人處世的道理，都在這裡頭了。」

「這……」常喜聽得一頭霧水，卻又不知如何發問。

師父又說：「佛法看似深奧，但解脫的智慧，不只存在菩薩傳授的高深經文中，也在日常生活的言行舉止與人心之中。我已經完成了我的功課，找出弘法的法門，我希望你將來好好研究，也悟出適合自己的方式，利益眾生。」

常喜終於耐不住，苦著臉說：「師父，您說了那麼多，我實在是聽不懂。」

「沒關係，你以後就會懂的。你只要答應我，好好幫我保管這些寶物。好嗎？」

「好的。」

「謝謝你。」師父滿意微笑，「好了，常喜，回去耙水紋吧！記得每天都要耙呀！別偷懶。」

「是。」

常喜上前要幫忙收拾，師父卻揮手說：「你去忙，我來就好了。」

常喜退出房門，回到「枯山水」邊，愣愣的望著滿池的枯澀。

師父在交代遺物了，真叫人心酸。可是師父的臉色與體力明顯好很多，剛才這些舉動會不會是多餘的？

十八項傳世的寶物都交代給他，可是師父並沒講清楚要如何用它們來弘法，一切又得靠他自己去領悟。唉！就跟這「枯山水」一樣，叫人傷腦筋啊！

不管那些了，剛剛師父交代的東西還滿有趣的。他邊拿著竹耙子走進池子裡，一邊掐手指回想剛才的寶物。

「擀麵棍、塗鴉畫、手推剪、結婚娃娃、小瓦斯爐、大圓盤、大碗公、小畚箕、檜木扇、金門菜刀、平安符……」常喜皺起眉頭，「咦？奇怪，怎麼只有十七項呢？不是有十八項嗎？難道我算錯了？」

他重新數過，還是十七個。他站在池心，困惑不已。

「不對，還是不對，再數一次。擀麵棍、塗鴉畫……」

恍惚中，從視線的餘光，他瞥見一個龐大的陌生黑石矗立在身邊。

「咦……哪來的第十八顆黑石？」

轉頭細看，才知道那是個大黑影，是太陽下自己的黑影。

「啊——」

一股電流竄進他的腦門，瞬間貫通全身，直達手指腳尖，教他全身爬滿雞皮疙瘩。他猛然抬頭，似乎參透了什麼。

「啊！原來……原來……人在池子外面是看不到十八羅漢的。原來，這一片枯山水不是給人欣賞的，原來這一片苦海是要人親自下來，才能……才能……」

「啊！師父，師父，我知道了，我知道了……」他興奮的跑向禪房，要宣告這得來不易的驚天發現。

他興沖沖跑回禪房，敲了門進去，師父卻不在裡面。

他又跑出來，到大雄寶殿找，也沒看見。

他又奔到偏殿和其他地方去尋，依舊不見蹤影。

小師弟常樂看他氣喘吁吁，過來問他：「師兄，你怎麼了？」

「師父呢？師父去哪裡了？」

「師父在禪房裡啊！剛才你離開之後，師父叫我過去，說他要去忙了。他還叫我跟大家說，從此各忙各的，加油嘍！」

「他要去忙？各忙各的？什麼意思啊？」常喜滿腦的困惑，「師父的病好了嗎？他不在裡面啊！」

常樂說：「可是我沒有看他走出來。」

常喜非常納悶，跑回師父禪房察看。

師父還是不在，他發現木箱子是打開的，剛才那些寶物都不在地上了，顯然已經收拾完畢，但師父的衣服卻披掛在箱口上，地上留了一雙軟鞋。

「怎麼會這樣？師父沒穿衣服，他跑去哪裡了？」常喜拿起衣服端詳。

他好奇的把箱子裡的寶物拿出來一一點數，赫然發現有個奇特的東西疊壓在最底層。

他彎腰伸手，拿出一本精裝的紅色筆記本。

「啊！對了。」他回想起一年多前，師父剛生病不久，每晚他送茶水進來時，都看見師父埋首在書桌上寫東西，用的就是這本筆記本。

「難道這是師父的回憶錄？」

他翻開第一頁，五個毛筆寫的楷書大字，映入眼簾——「瞎掰舊貨攤」。

他感到新奇與疑惑。翻開第二頁，標題寫「第一話斷尾虎爺」。

他回頭看看地上的虎爺神像，說：「對了，就是師父在溪邊撿到的神像。」

他興味盎然的讀起內文，發現裡頭描寫的是一位失業的中年男人，為了求生存，不得不拉下臉皮，不顧尊嚴的利用虎爺去乞討的故事，並不是師父撿到神像的記載。

雖然這個故事讀起來有點悲哀，卻非常有意思。很明顯的，這不是師父的回憶錄，而是一篇警世小品。

「轟隆——轟隆——」

屋外雷聲巨響，天色頓時暗下來。

常喜望著窗外說：「要下西北雨了。」

「呼——呼——」

室內莫名颳起狂風，把筆記本上的紙頁一一吹捲起來，彷彿有人在翻閱速讀著。

他看見上頭斗大的標題不斷輪替變換——「紫砂茶葉罐……黃銅小香爐……大蝦圓盤……裝框的塗鴉畫……陶瓷結婚娃娃……」

一直翻到最後一頁，他看到最後兩小段：

大家都嚇傻了，唯獨夏志翔雙手插腰，直挺挺的站著，嘴裡還喊著：

「色即是空，空即是色，受想行識，亦復如是——」

奇怪的是，遠遠的從空中俯瞰，那些紛紛掉落的水泥塊互相撞擊又撞擊，滾動又滾動，彷彿有人在大太陽底下翻攪著無數滾燙的小白石……

師父在最後題上了「釋光藏敬書」，五個小字。

常喜會心微笑。

忽然從下一頁掉出一張證件。

他撿起來看，是一張發黃的身分證，上面寫「父：夏若迪，母：江夢蝶」。翻到正面，身分證的主人是「夏志翔」，貼有一張少年的照片，發證日期竟是六十幾年前。

「咦！夏志翔？這不是剛剛筆記本裡頭，那個一直瞎掰著故事的主人翁嗎？」

那照片看來十分清秀，慧黠的眼神，濃密的眉毛，純真的微笑，彷彿似曾相識。

他正狐疑著，照片裡的少年卻開始出現變化。

那人長出鬍鬚，掉光頭髮，冒出戒疤，臉上擠出無數的皺紋，變成異常熟悉的面孔，對他大叫：

「常喜，別偷懶，快去耙水紋！」

（《瞎掰舊貨攤2：子母雞大碗公》全文完）

少年天下 076

瞎掰舊貨攤 2：子母雞大碗公

作者｜鄭宗弦

責任編輯｜李幼婷
封面設計｜DIDI
內文排版｜旭豐數位排版有限公司
行銷企劃｜劉盈萱

天下雜誌群創辦人｜殷允芃
董事長兼執行長｜何琦瑜
媒體暨產品事業群
總經理｜游玉雪
副總經理｜林彥傑
總編輯｜林欣靜
行銷總監｜林育菁
副總監｜李幼婷
版權主任｜何晨瑋、黃微真

出版者｜親子天下股份有限公司
地址｜台北市104建國北路一段96號4樓
電話｜（02）2509-2800　傳真｜（02）2509-2462
網址｜www.parenting.com.tw
讀者服務專線｜（02）2662-0332　週一～週五：09:00~17:30
傳真｜（02）2662-6048　客服信箱｜parenting@cw.com.tw
法律顧問｜台英國際商務法律事務所．羅明通律師
製版印刷｜中原造像股份有限公司
總經銷｜大和圖書有限公司　電話：（02）8990-2588

出版日期｜2022年2月第一版第一次印行
2024年9月第一版第七次印行
定價｜320元
書號｜BKKNF069P
ISBN｜978-626-305-133-1（平裝）

訂購服務
親子天下Shopping｜shopping.parenting.com.tw
海外・大量訂購｜parenting@cw.com.tw
書香花園｜台北市建國北路二段6巷11號　電話（02）2506-1635
劃撥帳號｜50331356　親子天下股份有限公司

國家圖書館出版品預行編目資料

瞎掰舊貨攤2：子母雞大碗公/鄭宗弦文.--第一版.--臺北市：親子天下股份有限公司，2022.02
240面；14.8X21公分.--(少年天下；76)

ISBN 978-626-305-133-1(下冊：平裝)

863.59　110020293

立即購買 >
親子天下 Education · Parenting · Family Lifestyle
親子天下 Shopping
親子天下 有聲故事書